MIRA®

Der Preis dieses Bandes versteht sich einschließlich der gesetzlichen Mehrwertsteuer.

Umwelthinweis:
Dieses Buch wurde auf chlor- und säurefreiem Papier gedruckt.

Helmut Rellergerd, geboren 1945, schreibt seit Ende der 70er Jahre unter dem Pseudonym **JASON DARK** die Kultserie JOHN SINCLAIR, deren Gesamtauflage sich auf rund 270 Millionen Exemplare beläuft. JOHN SINCLAIR ist damit wohl die erfolgreichste Horror-Serie der Welt und Helmut Rellergerd einer der meistgelesenen Autoren deutscher Sprache.

Helmut Rellergerd lebt mit seiner Frau in Bergisch Gladbach bei Köln und schreibt alle seine Romane noch auf einer alten mechanischen Schreibmaschine.

Jason Dark

Die Hexerin

Roman

MIRA®

MIRA® TASCHENBUCH
Band 65013
1. Auflage: April 2008

MIRA® TASCHENBÜCHER
erscheinen in der Cora Verlag GmbH & Co. KG,
Valentinskamp 24, 20350 Hamburg
Deutsche Originalausgabe

Die Veröffentlichung dieses Werkes erfolgt auf Vermittlung
der Autoren- und Verlagsagentur Peter Molden, Köln

Konzeption/Reihengestaltung: fredebold&partner gmbh, Köln
Umschlaggestaltung: pecher und soiron, Köln
Lektorat: Peter Thannisch
Illustration: Alexander Jung
Satz: Buch-Werkstatt GmbH, Bad Aibling
Druck und Bindearbeiten: Ebner & Spiegel, Ulm
Printed in Germany
ISBN 978-3-89941-440-0

www.mira-taschenbuch.de

1

Vergangenheit

Feuer beleuchtete die grausame Szene, deren Hintergrund der dunkle Wald bildete. Aus ihm hatten die Soldaten zwei Stämme junger Bäume geholt, um daraus ein großes X zu nageln, das im Mittelpunkt der Feuer stand.

Daran war eine Frau gefesselt; die Kleider hatte man ihr vom Leib gerissen, und auf ihrem Fleisch zeigten sich die Spuren unsäglicher Folter.

Dennoch hatte Mother Shipton, die Hexenmeisterin, keinen Laut von sich gegeben. Sie hatte alle Qualen stumm erduldet. Nur ab und zu hatte es um ihren Mund herum gezuckt; das war alles gewesen.

Ihre Häscher waren enttäuscht. Endlich hatten sie es geschafft, eine Hexe zu stellen, die zudem noch großen Einfluss und gewaltige Macht hatte, doch zum Sprechen bringen ließ sie sich nicht.

Sie schwieg.

Sie gab nichts zu.

Sie hatte sogar gelächelt.

Der Anführer der Gruppe, ein Vertreter des Bischofs, hatte schließlich mit hochrotem Kopf befohlen: „Tötet sie! Vernichtet sie! Sorgt dafür, dass ihre verfluchte Seele vom Teufel gefressen wird!“

Auf diese Worte hatten die Männer nur gewartet. Mit ihren Bögen und den angelegten Pfeilen zielten sie auf den zerschundenen Körper, in dem sowieso kaum mehr Leben steckte.

Sie schossen!

Mother Shipton wurde von Pfeilen regelrecht gespickt, aber erst der letzte der sechs Pfeile tötete sie, indem er sich durch ihr rechtes Auge ins Gehirn bohrte.

Und doch war es damit nicht vorbei …

Die Soldaten hatten ihre Waffen kaum gesenkt, als plötzlich ein Donner krachte, und über dem Kreuz erschien eine düstere Wolke, aus der ein feinstoffliches, hell strahlendes Wesen auf die Leiche der Hexe zuwirbelte.

Es leuchtete und hob sich damit deutlich von der dunklen Wolke ab, senkte sich auf das Kreuz mit der Leiche der Hexe hinab und verharrte knapp darüber. Es wies menschliche Formen auf, aber ansonsten war nichts zu erkennen, denn die Konturen des geisterhaften Wesens verwischten, waren wie Nebel, eine phosphoreszierende, nur annähernd menschliche Gestalt.

Im nächsten Moment löste sich aus der Wolke auch ein dunkles Schattenwesen, ebenfalls mit menschlichen Formen, aber ansonsten ebenso konturlos wie das hell strahlende, und griff das Lichtwesen an, das herumwirbelte und sich sofort zur Wehr setzte.

Die Menschen waren entsetzt. Grauen griff nach ihren Herzen. Sie waren kaum in der Lage, sich zu rühren, während die beiden Geisterwesen miteinander kämpften. Sie schlugen aufeinander ein, umklammerten sich, schienen sogar aufeinander einzubeißen.

Der Kampf war heftig, dafür aber lautlos und kurz. Dann waren die beiden Geisterwesen plötzlich weg, hatten sich blitzschnell aufgelöst, sich verflüchtigt, das helle Wesen ebenso wie das dunkle. Nur der Geruch von Schwefel hing noch in der Luft.

Auch die Wolke löste sich auf, wie Morgennebel im warmen Licht der Sonne.

Die Soldaten schauten sich ängstlich an, und einer murmelte schließlich: „Was war das?“

„Ein Engel“, sagte mit leiser Stimme der Hexenjäger, der sie anführte.

„Und das andere?“

„Ein Dämon.“

„Aber ... warum?“, stammelte ein anderer Soldat. „Warum beide – Engel und Dämon? Und wer hat gewonnen?“

Der Inquisitor stieß wütend die Faust durch die Luft. „Fragt nicht so viel. Nehmt es hin und freut euch, dass es eine weniger von diesen verdammten Hexen gibt!“

* * *

Gegenwart

Er spürte Dreck zwischen den Zähnen und wünschte sich, es wäre Blut. Er kaute auf weichen Holzresten und Blattwerk, wobei er sich vorstellte, die blutigen Hautfetzen eines Menschen im Mund zu haben. Er drehte den Kopf, spie alles aus und setzte sich schwerfällig auf.

Die Dunkelheit der Nacht hatte den Tag längst abgelöst. In sein Versteck nahe der alten Weide, deren Wurzelwerk beim letzten Sturm halb aus der Erde gerissen worden war, drang kaum ein Lichtschimmer. Ganz in der Nähe, auf dem Grosvenor Place, herrschte reger Verkehr, auch während der Nacht. Er war praktisch die Nahtstelle zwischen dem Hyde Park und dem St. James's Park. Licht und Schatten wechselten sich ab.

Er liebte die Schatten. Mit langsamen Bewegungen kroch er vor, bis er den Stamm erreichte, und richtete sich daran auf. Er lehnte sich dagegen, als wäre er müde und völlig fertig.

Aber müde war er nicht. Er war nicht einmal mehr ein richtiger Mensch. Wenn Menschen Durst verspürten, dann tranken sie Wasser, Bier, Wein oder sonst irgendwas. Ihm aber stand der Sinn nach etwas anderem.

Blut!

Schon der Gedanke an den Lebenssaft der Menschen erregte ihn. Aber es war nicht eine freudige Erregung, es zerriss ihn beinahe, trübte seinen Verstand und war wie ein schmerzhafter Zwang, dem er sich nicht entziehen konnte.

Er spürte auch die Zähne in seinem Oberkiefer. Dort waren die Eckzähne angewachsen, waren lang und spitz geworden.

Der Zwang, die Gier nach Menschenblut wurde übermächtig. Er drehte sich und schlug mit beiden Fäusten gegen den Stamm des Baumes und riss den Mund auf, als wollte er seine Zähne in die Rinde hacken.

Er wollte Blut. Er brauchte Blut. Er *musste* Blut haben.

Dann verwandelte sich die Gier, und aus seiner Raserei wurde eine Art Lethargie, die er als richtiger Mensch nicht gekannt hatte.

Er sank auf die Knie, und seine Hände fuhren dabei an der Rinde entlang, seine Fingernägel kratzten wie Krallen über den Baumstamm, nur spürte er davon nichts.

Wie weggeworfen lag er über dem aus der Erde gequollenen Wurzelwerk. Er stöhnte, und er dachte darüber nach, wie er zum Blutsauger geworden war.

Es war noch nicht lange her …

Die Lady war eine Augenweide, und sie war allein!

Sie stand nahe einer Laterne, eine Zigarette zwischen den blutrot geschminkten Lippen, und ab und zu glühte der Glimmstängel auf, wenn sie daran saugte.

Die Haltestelle lag recht einsam in der Nähe des Parks. Schwaden aus Feuchtigkeit zogen träge durch die Baumreihe und wehten hoch bis zu den Gipfeln. Doch auch über den Boden kroch der Nebel und wallte um die schlanken Beine der Lady, die Mike Rymer bereits eine Weile aus seiner sicheren Deckung heraus beobachtete.

Die vierte Morgenstunde war bereits angebrochen. Da lag selbst eine Riesenstadt wie London im Schlummer, um sich ein wenig zu erholen und auf den neuen Tag vorzubereiten.

Rymer hatte allein einen kleinen Zug durch die Gemeinde gemacht. Das brauchte er hin und wieder.

Er wohnte nicht weit entfernt, hatte sich in der Nähe einige Whiskys gegönnt und war anschließend durch die Nacht gestreunt. Den Plan, noch eine Braut aufzureißen, hatte er bereits fallen gelassen. Dann hatte er diese heiße Lady erspäht.

Möglicherweise war die Nacht doch noch nicht vorbei. Er war einsam, sie war es ebenfalls, und vielleicht wollte sie ein wenig Spaß haben. Wobei Rymer überlegte, ob sie vielleicht nicht auch eine Nutte war, denn der Lackmantel, den sie trug, hatte irgendwie etwas Verdorbenes an sich. Wenn er mit seiner Vermutung richtiglag, dann hatte sie bestimmt Feierabend gemacht, denn in dieser Gegend würde sie sicherlich nicht auf einen Kunden treffen, erst recht nicht um diese Uhrzeit.

Als Kunde sah sich Mike Rymer allerdings nicht an. Er wollte seinen Spaß haben, nur wollte er nicht dafür bezahlen. Er meinte, so etwas nicht nötig zu haben.

Sie hatte ihn offenbar noch nicht gesehen. Nun, er würde sie ansprechen und schauen, was dabei rumkam.

Die Haltestelle hatte ein Wartehäuschen: vier Metallpfosten, die ein Dach stützten, darunter eine Bank.

Als hätte die Frau seine Gedanken gelesen, setzte sie sich in Bewegung und trat in den Schutz des Wartehäuschens. Daraufhin sah er sie nicht mehr so gut wie zuvor, obwohl das Licht der Laterne sie trotzdem noch erreichte.

Rymer holte tief Luft. Gleich mehrmals atmete er

ein. Er wollte herausfinden, wie weit er gehen konnte.

Sie stand nur wenige Schritte entfernt, und er ging so, dass sie ihn erst im letzten Augenblick sah, als er schon fast vor ihr stand.

Sie schaute ihn an, doch ihr Blick zeigte keinerlei Überraschung.

Selbst bei den schlechten Lichtverhältnissen stellte er fest, dass ihre Augen sehr dunkel waren. Sie kamen ihm vor wie schwarz polierte Perlen. Sie war eine wahre Schönheit, auch wenn ihr Gesicht sehr blass wirkte.

Dennoch – für so eine Frau beging man mehr als eine Sünde.

Aber ihre Haltung sorgte auch dafür, dass etwas von seiner überheblichen Selbstsicherheit zusammenfiel. Auf einmal fühlte er sich irgendwie hilflos. Er stand auf der Stelle wie ein dummer Junge, und es hätte nur noch gefehlt, dass er bis über beide Ohren rot geworden wäre.

„Hi", sagte sie nur. Ihre beiden Hände steckten in den Taschen des Lackmantels, auf dessen Außenschicht die Wassertropfen wie Tränen glänzten.

Mike Rymer spürte das Eis in seinem Innern brechen. Er schaffte ein Lächeln, dann nickte er ihr kurz zu und fragte: „Auch allein?"

„Siehst du das nicht?"

„Ja, war 'ne blöde Frage."

„Was willst du?"

Er kam noch einen Schritt näher. Erst da wehte ihm ihr Parfüm in die Nase. Es war ein Duft, der ihm nicht gefiel, vielleicht eine Spur zu schwer oder zu süßlich.

„Wir beide brauchen in dieser Nacht nicht allein zu bleiben“, sagte er.

Da war keine Regung in ihrer Miene zu erkennen, als sie sagte: „Schlag was vor!“

Rymer schluckte. Er hatte nicht damit gerechnet, dass sie so schnell zur Sache kommen würde, und er überlegte wieder, ob sie vielleicht doch eine Professionelle war. Wenn das zutraf, dann war sie nicht irgendeine billige Straßennutte, sondern ein spitzenmäßiges Callgirl, das stand für ihn fest.

„Ich ... ähm ... wohne nicht weit von hier.“

„Wie schön für dich.“

„Wir könnten ...“

„Zu dir, meinst du?“

„Klar, das ist ...“

Wieder wurde er unterbrochen. Diesmal durch ein Kopfschütteln. „Lieber nicht.“

„Hast du Angst?“

Da lachte sie auf, legte dabei den Kopf in den Nacken und lehnte den Oberkörper zurück, sodass sich der Lack ihres Mantels über den Brüsten spannte.

„Angst?“, höhnte sie. „Wovor sollte ich Angst haben? Nein, ich habe keine Angst.“

„Was ist denn daran so ...“

„Es dauert mir zu lange.“

„Wie?“ Nun wurde er doch rot im Gesicht.

„Hast du mich nicht verstanden? Es dauert mir zu lange. Du willst mich bumsen, das sehe ich dir an.

Okay, das kannst du haben. Nur habe ich keinen Bock auf irgendwelche Vorspiele. Ich bin ebenfalls heiß, verstehst du?“

Ihm blieb die Spucke weg. „Ja, ja, aber …“

„Wir können es gleich hier machen.“

Rymer schluckte. Bei allem, was er sich vorgestellt hatte, mit diesem Vorschlag hätte er nicht gerechnet. „Du meinst … hier?“

„Wo sonst? Wir haben hier Platz. Und wir sind hier allein.“ Und nach diesen Worten öffnete sie ihren Mantel. Sie zog ihn nur langsam nach unten und erinnerte dabei an eine Stripteasetänzerin, die es besonders spannend machen wollte.

Rymer bekam Stielaugen.

Die Frau trug *nichts* unter dem Mantel.

Sein Blick saugte sich an ihren Brüsten fest, dann glitten sie zu dem Dreieck zwischen ihren Schenkeln, das ihn zu locken schien.

„Oh Scheiße …“, flüsterte er.

„Was denn? Willst du nicht?“

„Doch, doch“, sagte er hastig. „Nur … Es geht mir etwas schnell. Da … da … Ich meine, damit muss ich erst mal zurechtkommen.“

„Ich will nicht so lange warten. Ich brauche dich – jetzt, verstehst du? Ich brauche dich ganz dringend. Wir werden es hier miteinander treiben, okay?“

„Aber …“

Die weiteren Worte blieben ihm im Hals stecken, und bevor er sich versah, war sie bei ihm. Es kam ihm vor, als hätte ihn eine Tigerin angesprungen, und alles, was folgte, erinnerte ebenfalls an ein Raubtier.

Kaum hatte sie ihn erreicht, rammte sie ihm das Knie genau zwischen die Beine. Er riss den Mund auf, um zu schreien. Es klappte nicht. Es wurde nur ein Ächzen daraus, während die Schmerzwellen durch seinen Körper bis in den Kopf jagten und ihm die Tränen in die Augen trieben.

Er wurde zur Seite geschleudert, auf das Häuschen der Wartestelle zu, dann erhielt er einen weiteren Stoß und landete auf der Sitzbank. Die Frau mit dem offenen Mantel packte ihn erneut, hielt ihn fest, damit er nicht zu Boden rutschte.

Genau in diese Lage hatte sie ihn bringen wollen. Sie hielt ihn mit hartem Griff, während Mike Rymer nicht wusste, wie ihm geschah. Es war einfach nur schlimm und schrecklich, was er durchmachte. Sein Unterleib schien in Flammen zu stehen. In seinem Kopf gab es keinen klaren Gedanken mehr. Die Welt war aus den Fugen geraten.

Rymer hörte sie knurren. Ein Laut, der auch von einem Tier hätte stammen können. Zwei Hände packten erneut zu und rissen seinen Kopf zur rechten Seite.

Er hielt die Augen weit offen, ohne wirklich etwas zu sehen. Er konnte nur Geräusche vernehmen, und was da an seine Ohren drang, gefiel ihm nicht. Das war alles viel zu fremd.

Er kam sich in diesen fürchterlichen Sekunden nicht mehr wie ein Mensch vor. Er war zu einem Gegenstand geworden, mit dem man machen konnte, was man wollte.

Dann konnte er wieder etwas besser sehen, und er schaute direkt in ihr Gesicht, das dicht über dem seinen schwebte.

Es war ebenmäßig geschnitten und wurde von einer schwarzen wilden Haarflut umrahmt. Sein Blick saugte sich förmlich an ihrem Mund fest. Die Lippen waren so rot geschminkt, dass ihn der Mund an eine klaffende Wunde erinnerte.

Aber nicht darüber erschrak er, sondern über die spitzen Eckzähne, die in dieser roten Wunde elfenbeinfarben aufblitzten.

Vampir!

Dieser eine Begriff raste durch seinen Kopf. Die Frau war kein normaler Mensch, wenn überhaupt. Sie war eine Blutsaugerin. Und das im wahrsten Sinne des Wortes. Sie ernährte sich vom Blut der Menschen.

Und nun wollte sie an seines heran!

Ihre Eckzähne wirkten wie kleine Dolche und waren so spitz, dass sie sich mit Leichtigkeit in sein Fleisch bohren konnten.

„Ich allein bestimme, wie die Party läuft“, knurrte sie, „und kein anderer, mein Freund!“

„Bitte, ich ...“

Sie schlug ihm ins Gesicht, so hart, dass ihm Blut aus den Nasenlöchern floss, was die Frau mit einem wohligen Laut quittierte; es erinnerte an das Gurren einer Taube.

Das Gesicht ruckte tiefer. Die Zunge fuhr zwischen

den Lippen hervor, und die Wiedergängerin schleckte ihm das Blut aus dem Gesicht. Es war widerlich, ekelerregend!

Mike Rymer wunderte sich darüber, dass er trotz seiner schlimmen Lage und der Schmerzen noch denken konnte, und unternahm einen letzten Versuch, sein Leben zu retten. Er wollte sie von sich stemmen. Aber es war nicht zu schaffen. Die Frau klammerte sich an ihm fest und lachte vor bösartiger Freude.

„Bald ist es vorbei", flüsterte sie. „Bald bist du erlöst. Es ist das letzte Mal, dass du Schmerzen spürst."

Er hatte keine Kraft mehr, konnte sich nicht mehr wehren und sah nur noch den Mund, der so weit aufgerissen war, dass er die grauenvollen Blutzähne in aller Deutlichkeit sehen konnte.

Ihr Kopf näherte sich seinem Hals.

Dann biss sie zu!

Er spürte, wie die Zähne in sein Fleisch eindrangen, und sie erwischten genau die richtige Stelle, rissen die Halsschlagader auf.

Die Vampirin hatte Routine, sie ließ sein Blut sprudeln und fing es in ihrem Mund auf, um es zu schlucken, wobei sie schlürfende Laute von sich gab.

Da trank kein Mensch, sondern ein Tier. Sie war wie irre, wie kurz vor dem Verdursten, und sie trank voller Gier, um endlich satt zu werden.

Als sie danach ihren Kopf und Oberkörper wieder anhob, schienen sich die roten Lippen um das Doppelte vergrößert zu haben – eine Täuschung, weil die untere

Gesichtshälfte blutverschmiert war.

Dann schaute sie nach unten.

Auf der schmalen Sitzbank lag eine fahle Leiche. Ihr Kopf war ungewöhnlich verrenkt, und in den Augen war kein Leben mehr auszumachen.

Wenige Minuten zuvor war Mike Rymer noch ein Mensch gewesen, nun erinnerte er nur noch an eine Puppe, die sich aus eigener Kraft nicht mehr bewegen konnte.

So gut wie möglich wischte sich die Vampirin Kinn und Mund sauber. Das Blut klebte daraufhin auf ihrem Handrücken, den sie ableckte. Erst als nichts mehr zu sehen war, gab sie sich zufrieden.

Sie erhob sich mit einer stolz anmutenden Bewegung und schaute erneut auf den Leblosen nieder, wie eine Königin auf ihren Leibeigenen.

Doch sie wollte ihr Opfer nicht auf der Wartebank liegen lassen. Mit einer Hand hob sie es lässig in die Höhe und bewies damit, welch eine Kraft in ihr steckte.

Bevor sie das Wartehaus verließ, warf sie einen Blick in beide Richtungen. Die Luft war rein. Niemand sah zu, wie sie ihr Opfer aus dem Wartehäuschen zerrte und es sich dann mit einer lässigen Bewegung über die Schulter warf.

Schnell verschwand sie mit ihrem Opfer im nahen Park, um dort ein gutes Versteck für die Leiche zu finden. Dort musste es dunkel sein. Es würde seine Zeit dauern, bis er ebenfalls zu einer Kreatur der Nacht geworden war.

Erst in der folgenden Nacht würde er wieder neu erwachen ...

Mike Rymer erwachte wie aus einem Wachtraum, in dem er noch einmal erlebt hatte, wie er zum Blutsauger geworden war. Er war froh, wieder denken zu können. Er konnte aufstehen, sich auf seinen eigenen Füßen bewegen. Wie ein normaler Mensch. Doch genau das war er nicht mehr.

Er war gestorben. Und neu geboren worden. Und zwar als untote Kreatur. In ihm steckte der Keim des Bösen, und der hatte alle Gefühle ausgelöscht.

Bis auf ein einziges ...

Die Gier nach Blut!

Nur durch das Blut der Menschen konnte er existieren. Und wenn er nicht bald welches zu trinken bekam, würde er durchdrehen. Gleichzeitig aber wusste er, dass er nur in der Nacht auf die Jagd gehen konnte, denn die Sonne war sein Feind.

Die Nacht aber war seine Zeit ...

Tief hingen die Zweige des Baumes nach unten und nahmen ihm einen Teil der Sicht. Er musste sich seine Nahrung holen, und das war frisches, warmes, dampfendes Blut, Menschenblut.

Er trat nach vorne. Über den Rasen würde er sich nahezu lautlos fortbewegen können, denn das Gras dämpfte seine Tritte. Nur ging er davon aus, dass er um diese frühe Morgenstunde und bei diesem feuchten Wetter hier im Park keine Beute finden würde. Er musste also in eine etwas belebtere Gegend, wo Menschen herumliefen, die er anfallen konnte.

Er lief einige Schritte, hielt dann aber an und bohrte den Blick in die Dunkelheit, um nach irgendwelchen Bewegungen Ausschau zu halten. Vielleicht hatte er ja Glück, und irgendein Nachtschwärmer hatte sich doch noch in den Park verirrt.

Nein, da war nichts. Nicht mal ein Tier huschte über den Rasen hinweg. Auf dem Grosvenor Place sah er die Scheinwerfer der vorbeifahrenden Autos wie verschwommene Luftballons in der Finsternis leuchten. Dort lag sein Ziel. Dort wollte und musste er hin, um sich zu sättigen.

Er setzte sich wieder in Bewegung und lief diesmal schneller. Er freute sich und stieß ein heiser klingendes Fauchen aus.

Auf einmal geschah es, völlig unerwartet!

Von der Seite her huschte etwas auf ihn zu. Er registrierte nur einen Schatten, aber auch ein Aufblitzen.

Der blitzende Gegenstand rammte nach vorn und traf genau das anvisierte Ziel.

Es war die linke Brustseite des Vampirs, und so drang das silberne Etwas tief in sein Herz.

Rymer richtete sich auf, und für einen Moment stand er auf den Zehenspitzen.

Dann kam der Schmerz!

Er war nicht zu beschreiben. Sein Inneres wurde von einer Lohe erfasst, die alles in Brand zu setzen schien.

Mike Rymer brach in die Knie, verharrte aber nur

sehr kurz in dieser Stellung, dann kippte er nach hinten und fiel schwer auf den Rücken.

Er war tot.

Endgültig tot!

Es würde für ihn keine Rückkehr in die Welt der Lebenden mehr geben, egal, in welcher Existenzform auch immer.

Sein Mörder stand neben ihm. Kalte Augen schauten zufrieden auf den vernichteten Blutsauger. Und die Person, der diese Augen gehörten, spürte in sich Befriedigung.

Sie stieß ihre rechte Fußspitze gegen den Toten. Es war eine Art Abschiedsgruß. Dann starrte sie auf die Nadel, die ein Stück aus der Brust des vernichteten Vampirs ragte.

Es hatte geklappt – wieder einmal …

2

Am Morgen hatte es geregnet, und der Boden war entsprechend nass und matschig. Deshalb hatte Mason Flint seinen Jaguar in einiger Entfernung stehen lassen müssen und legte den Rest des Weges zu Fuß zurück, und zwar dorthin, wo die Wagen der Spurensicherung standen und bereits die Absperrbänder im leichten Wind flatterten.

Es war kein früher Morgen mehr, doch der Himmel war wolkenverhangen, sodass es nicht richtig hell werden wollte, und alles wirkte irgendwie grau in grau.

Mason trug – passend zum Wetter und seiner Umgebung – einen grauen Trenchcoat, der leichte feuchte Flecken bekam, denn noch immer tropfte Regenwasser von den Blättern der Bäume. Ein Baum war auch Masons Ziel, und zwar eine mächtige Weide, die merkwürdig schief stand; der letzte Orkan hätte sie um ein Haar aus der Erde gerissen. Nun, da der Tote unter ihr lag, wirkte sie wie ein gewaltiger Trauerflor aus schmalen grünen Blättern.

Als er die Absperrung erreichte, hoben zwei uniformierte Polizisten die Hände zum Gruß. Flint nickte ihnen zu.

„Guten Morgen, Sir“, sagte einer der Bobbys.

„Na, wie ein *guter* Morgen sieht mir das nicht aus“, murrte Mason.

„Sie sagen es, Sir.“

Flint hätte sich tatsächlich einen schöneren Tagesanfang gewünscht. Doch in seinem Job hatte er leider ständig mit den Opfern von Verbrechen zu tun, und denen nahm man allzu oft gewaltsam das Leben. Er stand im Range eines Inspektors und arbeitete für die London Metropolitan Police, auch bekannt als Scotland Yard. Es war keine schlechte Gegend, in der die Leiche lag. St. James's Park, Hyde Park, Grosvenor Place und das nahe Mayfair, wo viele Botschaften standen, hatten die Grundstückspreise ins Unermessliche steigen lassen, sodass selbst ein Millionär sie kaum mehr bezahlen konnte.

Nun, Flint war kein Millionär und würde in diesem Leben auch keiner mehr werden. Er war froh, seine kleine Wohnung bezahlen zu können und hin und wieder eine Sause mit seiner Freundin Frenchy unternehmen zu können.

Die Reporter waren ebenfalls da. Sie waren *immer* da, wenn es etwas gab, das sich zur Sensation umdichten ließ. Aber sie wurden nicht nur durch die Polizisten zurückgehalten, sondern auch von der Natur behindert, denn die tief nach unten hängenden Zweige ließen aus der Entfernung keinen Blick auf den Toten zu, der unter dem Baum lag, und das galt sogar für die teuren Teleobjektive der Journalistenmeute.

Männer in weißen Schutzanzügen liefen herum, was Flint auf die Idee brachte, seine dünnen Handschuhe aus der Tasche zu holen und sie überzustreifen.

Ein Mann mit Kugelbauch, schiefem Gesicht und Wurstfingern kam auf ihn zu. Das schiefe Gesicht verdankte er einem Junkie, der bei seiner Festnahme mit einem Schnappmesser um sich gestochen hatte. Die Klinge hatte Sergeant Horseman im Gesicht erwischt und wichtige Nerven durchtrennt.

„Da sind Sie ja, Flint“, murrte er, wie immer schlecht gelaunt.

„Wie Sie sehen, Horseman“, gab Mason ebenso mürrisch zurück.

„Da haben wir mal wieder ganz schön die Scheiße an den Hacken kleben, sag ich Ihnen.“

Mason nickte. „Ist der fünfte Tote, wenn ich richtig gezählt habe.“

„Stimmt auffallend.“

„Und?“

„Was heißt und?“, murrte Horseman. „Wenn wir schon von Scheiße reden – es ist *Ihre* Scheiße, das wissen Sie doch. *Ihr* Fall, *Ihre* Toten, *Ihr* Mörder – also *Ihre* Scheiße. Und mal unter uns Klosterbrüdern: Wenn das so weitergeht, sehe ich schwarz für Ihre Karriere.“

„Ach, tun Sie das?“, fragte Mason gelangweilt. „Wissen Sie was, Horseman? Dann können Sie ja meinen Job übernehmen. Wäre das was für Sie?“

„Eher fege ich Hundescheiße zusammen als diese hier.“

„Wau“, machte Flint, ließ den Sergeant stehen und ging weiter.

Auf den Dächern der Fahrzeuge drehten sich noch die Signallichter, die Sirenen waren ausgeschaltet. Aber die rotierenden Lichter auf den Dächern der Polizeifahrzeuge waren zugleich auch Lockmittel für Neugierige. Doch die wurden die zum Glück ebenso wie die Reporter auf Distanz gehalten.

Da Mason Flint keinen weißen Schutzanzug trug, kam er sich vor wie der einzige wirkliche Mensch zwischen Besuchern von einem anderen Stern. Aber das war er gewohnt. Es gehörte zur Routine.

Er musste einige der tiefer hängenden dünnen Zweige zur Seite schaufeln, um freien Blick auf das Opfer zu bekommen. Vor ihm lag bereits das fünfte Opfer.

„Kann ich mich mal umsehen?“

Die Kollegen von der Spurensicherung hatten nichts dagegen. Flint entdeckte auch den Doc, der zwei Meter entfernt stand und ein Gesicht zog, als hätte man ihm Nägel zum Gurgeln gegeben. Er sprach in ein kleines Aufnahmegerät und steckte es ein, als er Mason Flint sah.

„Ja, Sie schon wieder.“

„Klar“, sagte Mason. „Und ich bin nur gekommen, um mal wieder Ihr hübsches Gesicht zu sehen.“

Der Doc winkte herrisch ab. „Keine Fragen, Flint. Keine verdammten Fragen. Ich bin noch nicht fertig mit meinen Untersuchungen. Ich bin ja selbst grade erst gekommen.“

„Aber irgendwas werden Sie mir doch sagen können, Doc.“

Der Arzt schüttelte den Kopf. „Schauen Sie sich den Toten doch selbst an. Zu mehr bin ich auch noch nicht gekommen.“

„Mach ich doch glatt.“

Der Tote war noch nicht abgedeckt worden. Mason Flint kniete nieder, weil er die Leiche so besser betrachten konnte.

Masons Gesicht versteinerte. Jetzt war er absolut sicher: Vor ihm lag das fünfte Opfer, das auf diese unerklärliche Art und Weise ums Leben gekommen war. Alle Toten waren in der Nähe von Grosvenor Place gefunden worden, aber jeweils recht versteckt in den beiden angrenzenden Parks.

Flint schloss für einen Moment die Augen. Wut stieg in ihm hoch, gepaart mit einer gewissen Verzweiflung, denn es war ihm bisher nicht gelungen, auch nur eine Spur des Täters zu finden. Möglicherweise war es auch eine Täterin. Die Mordwaffe sprach jedenfalls dafür.

Auch diesmal gab es die besonderen Kennzeichen, die er auch bei den anderen Toten gesehen hatte: zwei Bisswunden an der linken Halsseite, wie man sie sonst nur in irgendwelchen Vampirfilmen zu sehen bekommt. Flint besah sie sich genau, dann schüttelte er den Kopf. Er konnte es immer noch nicht fassen, dass Menschen auf diese Art und Weise ums Leben kommen sollten. Aber es waren nicht nur die Bisswunden, die ihn an den Rand der Verzweiflung brachten: In der linken Brustseite steckte eine lange Hutnadel, die man dem Opfer ins Herz gerammt hatte.

Von den Untersuchungen der bisherigen Mordwerkzeuge her wusste er, dass sie versilbert war.

Ein klassischer Vampirtod!

Mason Flint schüttelte erneut den Kopf. Wenn er jede

Logik zur Seite schob, konnte er nur zu einem Schluss gelangen: Dieser Mann war durch einen Vampir zu einem Blutsauger gemacht worden, um dann gepfählt zu werden. Ob er während seiner untoten Existenz selbst Blut getrunken hatte, blieb außen vor. So richtig vorstellen konnte sich Mason das aber nicht. Zudem waren die anderen Leichen völlig blutleer gewesen.

Das Alter des Mannes lag um die vierzig Jahre. Sein Haar war bereits in Ansätzen grau geworden. Im knallweißen Licht des Scheinwerfers wirkte seine Gestalt fast künstlich und hatte ein puppenähnliches Aussehen bekommen.

Die Mordwaffe war immer die gleiche. In letzter Konsequenz waren die Männer stets durch so eine verdammte versilberte Nadel getötet worden. Eine Hutnadel, recht dick und vor allen Dingen spitz. Und all diese Hutnadeln zeigten eine bestimmte Besonderheit, mal abgesehen davon, dass sie versilbert waren: An ihren Kopfenden befanden sich Planetenzeichen.

Flint hatte bereits vier davon gesehen, nun schaute er auf das fünfte Zeichen: ein Kreis mit schräg aufgesetztem Pfeil, der nach rechts zeigte, in nordöstliche Richtung. Es war das Zeichen für den Mars.

Die anderen Nadeln waren ebenfalls mit Planetenzeichen versehen gewesen. So etwas roch nach Methode – nach Ritualmorden.

Und alle Opfer waren blutleer gewesen. Wenn man dann auch noch an die Bissstellen an der linken Halsseite dachte, musste man zwangsläufig an einen Vampir denken, der zugebissen hatte, um sich satt zu trinken.

Eine völlig verrückte Vorstellung. So etwas konnte es nicht geben. Das waren Schauermärchen. Die Zeit eines Bram Stoker war vorbei. So musste der normale und aufgeklärte Mensch einfach denken, und so wollte es Mason Flint auch.

Aber da gab es tief in ihm ein Gefühl, das ihn davor warnte, nur in normalen Bahnen zu denken. Es war wichtig, dass er seinen Geist öffnete und auch das Unnatürliche, das Rätselhafte zuließ.

Er lachte auf, während ihm diese Gedanken durch den Kopf schwirrten. Hatte er es wirklich mit einem nach Blut gierenden Monstrum zu tun, das in London herumlief und sich ein Opfer nach dem anderen krallte? War die Lösung so einfach? Nein, das konnte ein normal denkender Mensch keinesfalls so ohne Weiteres akzeptieren.

„Warum haben Sie gelacht?", fragte Kollege Horseman, der neben Mason getreten war.

Flint stemmte sich hoch. „Ganz einfach. Ich habe gelacht, weil das alles hier unmöglich ist. Schauen Sie sich den Toten doch mal an."

Horseman nickte. „Ich weiß, was Sie meinen."

„So?", fragte Mason Flint. „Was meine ich denn?"

„Dass wir es hier mit einem Vampir zu tun haben", flüsterte Horseman mit heiserer Stimme und schaute den Kollegen sehr ernst dabei an.

Mason nickte bedächtig. „Ja, genau so sieht es aus."

Horseman ballte die Hände zu Fäusten. „Aber das …

das will ich nicht glauben. Das ist einfach *unmöglich.* Das ist ein Schlag gegen alle Vernunft und Logik. Es muss eine andere Lösung geben. Ich glaube einfach nicht an so einen … so einen *Quatsch!*“

„Ich möchte es auch nicht.“

„Aber …?“

Mason Flint hob die Schulter an. „Ich muss mich mit den Tatsachen abfinden.“

„Na ja“, brummte Horseman, „warten wir lieber erst mal ab, was die Auswertung der Spuren bringt.“

„Nicht viel, denke ich“, befürchtete Mason. „Der Regen hat viel zerstört.“

Horseman nickte bekümmert. „Auch bei den vier vorherigen Leichen haben wir keine besonderen Entdeckungen gemacht. Haben Sie sonst keine Idee?“

„Kann sein.“

Horseman hob eine Augenbraue. „He, und welche?“

Mason Flint winkte ab. „Es ist noch zu früh, darüber zu sprechen. Aber etwas anderes: Haben Sie den Toten schon identifizieren können?“

Horseman nickte. „Der Mann trug seinen Führerschein bei sich. Er heißt … *hieß* Mike Rymer.“ Horseman räusperte sich. „Nun, die Namen der Toten haben uns bei den vier vorherigen Opfern nicht weitergebracht. Ihr gesamtes Umfeld wurde erkundet, das wissen Sie selbst. Aber nichts deutet auf eine Gemeinsamkeit hin. Und erst recht nicht darauf, dass die Toten zu ihren Lebzeiten mit Vampiren zu tun hatten. Ich fürchte, auch bei diesem hier wird es nicht anders sein.“

Mason Flint nickte. Er wollte endlich weiterkommen. Noch mehr Opfer konnte er nicht zulassen. Zudem fühlte er sich persönlich angegriffen. Er musste diesen Fall einfach lösen, auch wenn er dabei in eine Richtung tendierte, die ihm neu war. Er kam sich vor wie in einem Horrorfilm, wobei er nicht wusste, wie das Ende aussah. Dieses Drehbuch war ihm bestimmt nicht vorgelegt worden.

„Ich werde diesmal die Nadel mitnehmen", sagte er.

Horseman gab keinen Kommentar ab, und so zog Mason Flint die schmale Mordwaffe aus der Brust der Leiche. Da er noch immer die Gummihandschuhe trug, brauchte er sich über Fingerabdrücke keine Gedanken zu machen.

Es floss kein Blut, und als er sich die Mordwaffe anschaute, klebte auch nichts an der Nadel.

Horseman hielt eine kleine Plastiktüte bereit, in die Flint die Nadel fallen ließ.

„Sind Sie jetzt zufrieden, Kollege?", fragte Horseman.

„Nein, das bin ich erst, wenn ich den Fall gelöst habe." Er musterte Horseman. „Kein Wort zur Presse. Erst recht nicht über Vampire."

„Ich werde mich hüten."

Mason Flint nickte seinem Kollegen noch einmal zu, dann machte er sich auf den Rückweg zu seinem Wagen. Dabei umging er die Menge der Neugierigen in einem großen Bogen.

Als er in seinem Wagen saß, konnte er endlich in Ruhe nachdenken. Eine bestimmte Idee hatte sich in seinem Kopf festgefressen, und sie wollte einfach nicht verschwinden.

Es ging um die Mordwaffe, die Nadeln. Sie waren etwas Besonderes, und sie waren seiner Meinung nach auch älter. Heutzutage trugen nur noch die wenigsten Frauen Hutnadeln, abgesehen von den Ladys der High Society, wenn sie zu irgendwelchen Events wie zum Beispiel zum Pferderennen gingen; da waren möglichst ausgefallene Hüte sogar ein Muss.

Mason Flint schaute sich die Nadel in der Tüte noch mal genauer an. Dafür nahm er sogar eine Lupe aus dem Handschuhfach und besah sich vor allem das Planetenzeichen auf dem Nadelkopf.

Flints Augen verengten sich. „Verdammt noch mal, ich kriege dich, verdammter Killer."

Er steckte das Beweisstück in die Innentasche seiner Jacke und fuhr los.

Das Ziel des Inspektors war ein Stadtteil von London, der wohl jedem Touristen geläufig ist – Soho.

In zahlreichen Filmen spielte dieser Stadtteil eine entscheidende Rolle und war auch in vielen Romanen beschrieben worden: Nebel, enge Gassen, schiefe Häuser, verruchte Bars und natürlich Jack the Ripper, der hier in viktorianischer Zeit sein Unwesen getrieben hatte.

Soho hatte noch immer dieses Image, obwohl sich das Viertel verändert hatte. Es war viel abgerissen und neu gebaut worden in den letzten Jahren. Die Zahl der Pubs, Bars und Imbisse hatte sich dabei multipliziert. Die gesamte Szene war internationaler geworden, und der Besucher konnte quer durch die gesamte Welt schlemmen, denn Soho bot mit seinen vielen Restaurants eine internationale Küche.

Man schlenderte in Soho herum, man kaufte hier gern ein – nicht nur in der Oxford Street, auch in den Seitenstraßen, wo es zahlreiche Klamottenläden gab. Oder man pausierte in irgendwelchen Pubs und Cafés. Manche besuchten auch das Britische Museum, aber das taten wohl die wenigsten Touristen.

Und doch gab es auch noch das alte Soho mit seinen kleinen Gassen. Es gab das Chinesenviertel, und in einigen schmalen Straßen hatten Antiquitätenhändler und Trödler ihre Läden, die vielfach so winzig waren, dass sie wie vollgestopfte Höhlen wirkten.

Auf einen dieser Läden hatte es Mason Flint abgesehen. Er wusste, dass der Besitzer Utensilien aus der Zeit der Queen Victoria führte. Zweimal hatte er dienstlich mit ihm zu tun gehabt.

Der Mann hieß Victor Bassum und betrieb sein Geschäft schon seit Jahrzehnten.

Zu ihm wollte Mason. Aber zunächst einmal musste er sich einen Parkplatz suchen, was Zeit in Anspruch nahm. Schließlich fand er einen Abstellplatz für seinen Jaguar, und zwar in einem engen Parkhaus, in dem es fast so dunkel wie in einer Gruft war. In der Straße, wo sein Ziel lag, hätte er nicht parken können, sie war einfach zu schmal, deshalb herrschte dort absolutes Halteverbot. Zum Glück war der Weg dorthin nicht zu weit.

Die Wolken am Himmel waren aufgerissen, sodass das helle Blau durch die breiter werdenden Lücken schimmerte. Bald würde auch die Sonne erscheinen und ihre warmen Strahlen nieder auf die Stadt werfen.

Selbst in Soho war um diese frühe Stunde noch nicht viel los. Noch bewegten sich kaum Touristen durch die Gassen, und eine Menge Geschäfte hatte noch geschlossen. Ob Bassum seinen Laden schon geöffnet hatte, wusste Flint nicht. Er würde ja sehen.

Das Geschäft befand sich in einem der sehr alten Häuser und lag im Keller, den man über eine Außentreppe erreichen konnte. Ein Schild am Beginn der Treppe wies auf das Geschäft hin.

Mason Flint blieb vor der Tür stehen, an der ein Schild mit der Aufschrift »closed« hing. Das machte ihm nichts aus, denn hinter der Tür hörte er jemanden husten.

Er klopfte mit der Faust gegen das dicke Holz. Das Gitter, das zum Schutz des Eingangs diente, war bereits in die Höhe gezogen worden, und Victor werkelte offenbar schon in seinem Laden herum.

„Es ist noch geschlossen", rief er. „Können Sie nicht lesen? Kommen Sie in einer Stunde wieder. Ich glaube nicht, dass man den Laden bis dahin leergekauft hat."

„Machen Sie auf, Victor!"

„He, wer sagt das?"

„Ich – Mason Flint."

„Ha, der Bulle!"

„Meinetwegen auch das."

„Was wollen Sie? Überprüfen, ob meine Ware in Ordnung ist?" Die Stimme klang bereits lauter. Ein Zeichen, dass sich Victor auf dem Weg zur Tür befand.

„Nein, ich will mit Ihnen reden."

„Auch das noch!"

„Machen Sie endlich auf."

„Immer schön langsam, ich bin nicht mehr der Jüngste!" Mason hörte das Klirren eines Schlüsselbundes, dann wurde die Tür aufgeschlossen und einen Spaltbreit geöffnet. Victor Bassum schaute erst vorsichtig nach draußen, um sicher zu sein, dass es auch wirklich Mason war.

Dann lachte er. „Tatsächlich, er ist es." Er öffnete die Tür ganz. „Kommen Sie rein in die Welt der Vergangenheit, in der angeblich alles besser war."

„Glauben Sie das?"

„Ich weiß es nicht, ich habe da noch nicht gelebt."

Er ließ Flint eintreten, auf den das Geschäft im ersten Moment wie eine Rumpelkammer wirkte.

In dem kleinen Geschäft standen wandhohe Regale, und dazwischen gab es Tische voller Waren und fahrbare Kleiderständer, auf denen die Outfits der Vergangenheit hingen. Es gab Geschirr, alte Orden glänzten an ebenso alten Uniformen, und es gab alles, was die Lady und der Gentleman damals an Accessoire trugen – von den Hüten der Frauen bis zu den Spazierstöcken der Männer. Man konnte bei Bassum nahezu alles bekommen, was die gute alte Zeit der Queen Victoria hervorgebracht hatte.

Bassum selbst passte irgendwie in diesen Laden, wirkte selbst wie eine lebendige Antiquität. Er trug einen Gehrock, eine Weste und enge Hosen. So hatte ihn Mason Flint auch in Erinnerung. Nur sein Haar war weniger geworden; auf der vorderen Kopfseite hatte es sich zurückgezogen, dafür wuchs es hinten bis tief in den Nacken. Auch das Gesicht kam Mason älter vor; die Falten hatten darin kleine Gräben gezogen. Allerdings schimmerten die hellen Augen des Händlers hellwach.

„Kommen Sie nach hinten, da ist das Licht besser."

„Das wollte ich soeben vorschlagen."

„Ja, ja, die Augen, Mr. Flint. Man wird immer älter, und ich finde einfach keinen Nachfolger für meinen Laden. Wäre das hier nichts für Sie?"

Mason musste lachen. „Wie kommen Sie darauf?"

„Der Job ist ruhiger. Und Ihre Pension ist bestimmt nicht besonders hoch."

„Da habe ich noch etwas Zeit."

Bassum kicherte. „Falls Sie überleben. Ich hörte, dass die Zeiten rauer geworden sind."

„Kann man wohl sagen."

„Egal, es stört mich nicht mehr. Ich bin fast achtzig, und darauf kann ich mir sogar was einbilden. Viele Kollegen von mir sind viel früher gestorben, und das nicht immer im Bett. Neulich haben sie einem die Kehle durchgeschnitten. Man sagt, dass es die Triaden waren." Er blieb an einem Holztisch stehen, auf dem auch die Kasse ihren Platz gefunden hatte. „Um dieses Pack solltet ihr euch mal kümmern."

„Wenn es sich ergibt."

„Aber ich will nicht klagen. Was führt Sie zu mir?"

„Ich brauche Ihre Hilfe", gestand Mason offen ein.

Victor Bassum sagte zunächst nichts, so überrascht war er. Dann grinste er breit. „Darf es denn wahr sein? Ich soll dem berühmten Scotland Yard helfen?"

„Darum bitte ich."

„Na, das ist ein Ding. Worum geht es?"

Die beiden Männer standen sich gegenüber. Zwischen ihnen befand sich der Tisch mit der alten Kasse und dem Packpapier. Ansonsten war die Platte leer.

Mason holte das Beweisstück hervor. „Bitte, lassen Sie es in der Hülle und schauen Sie es sich nur an. Vielleicht können Sie mir weiterhelfen."

„Was ist das?"

„Eine Hutnadel, wie Sie sehen", sagte Mason und legte das Beweisstück auf dem Tisch.

Bassum zog eine Schublade an seiner Seite des Tisches auf und holte eine Lupe hervor. „Das ist nun mal so, wenn man älter wird. Da lässt die Sehkraft nach. Und im Bett klappt es auch nicht mehr." Er kicherte, dann griff er nach der Nadel, wobei er sie in der Hülle ließ. „Was wollen Sie denn wissen, Flint?"

„Alles."

„Ha, Sie sind gut." Bassum schaute sich die Nadel genau an, die Lupe vor dem Gesicht. Er flüsterte etwas, was Flint nicht verstand, dann ließ er die Lupe wieder sinken.

„Können Sie etwas dazu sagen, Mr. Bassum?"

„Was wollen Sie denn wissen?“

„Wie gesagt: alles.“

Der Händler lachte. „Es ist wenig genug, aber wenn Sie mir das Ding zum Kauf angeboten hätten, ich hätte es glatt genommen.“

„Dann ist sie also alt?“

„Ja, das ist sie.“

„Und was schätzen Sie? Es kommt mir nicht auf das genaue Jahr an, aber ...“

„Queen Victoria.“

Mason pfiff durch die Zähne. „Also aus dem vorletzten Jahrhundert.“

„Ja, so gegen Ende.“

„Und weiter?“

Bassum legte die Nadel wieder auf den Tisch zurück. „Was verlangen Sie von mir? Wollen Sie wissen, an welch einem Hut das Ding damals gesteckt hat?“

„Nein, das nicht. Aber vielleicht fällt Ihnen sonst noch etwas dazu ein.“

Bassum kratzte sich am Kinn. Wie auf den Wangen wuchsen auch dort graue Bartstoppeln. „Ich will mal behaupten, dass diese Nadel außergewöhnlich und sehr selten ist.“

„Das bringt mich nicht weiter.“

„Seien Sie nicht so ungeduldig. Ich weiß ja nicht, um was es geht, aber ich bin mir sicher, dass diese Nadel von einer bestimmten Firma hergestellt wurde.“

„Kennen Sie den Namen?“

Bassum nickte. „Bancroft & Clyde.“

„Nie gehört."

Bassum zuckte mit den Schultern, dann sagte er: „Jedenfalls haben Sie Glück. Soviel ich weiß, existiert die Firma noch."

„Wo?"

„Außerhalb von London."

„Kennen Sie die genaue Adresse?"

„Leider nicht."

„Haben Sie Internetanschluss?"

Victor Bassum grinste. „Selbst in meiner Branche kommt man ohne kaum noch aus."

„Und wo steht der Computer?"

„Es ist ein Laptop. Kommen Sie mit."

Hinter der Theke befand sich eine Tür. Bassum öffnete sie und betätigte einen Lichtschalter.

Bei dem Raum hinter der Tür handelte es sich um ein kleines Büro. Auf dem Schreibtisch stand ein aufgeklappter Laptop.

„Können Sie damit umgehen?", fragte Bassum.

„Ich denke schon."

Bassum rückte seinem Besucher einen Stuhl zurecht, und Mason ließ sich auf den grauen Filz sinken, der die Sitzfläche bedeckte. Der Computer lief bereits, und Mason brauchte nur noch das Internetprogramm zu starten. Er wählte eine Suchmaschine, mit der er vertraut war, und gab den Namen „Bancroft & Clyde" ein.

Nach wenigen Sekunden konnte er die Homepage der Firma aufrufen. Sie hatte sich offenbar auf bestimmte Schmuckstücke spezialisiert und ihren Sitz in

Warlingham, südlich von Croydon. Geschäftsführer war ein gewisser Alan Bancroft.

„Na, das ist schon mal was", murmelte Mason Flint.

„Wollen Sie hin?"

„Ja." Flint erhob sich. „Sie haben mir sehr geholfen, Mr. Bassum."

„Darf ich denn fragen, um was es geht?"

„Dürfen Sie. Nur kann ich Ihnen keine Antwort geben." Er zwinkerte Bassum zu. „Auch wir haben unsere Betriebsgeheimnisse."

„Hab ich mir fast gedacht. Dennoch könnte ich mir vorstellen, dass diese Hutnadel in einem Mordfall eine Rolle spielt. Richtig?"

Mason seufzte nur. Das war Antwort genug.

„Na ja, dann hoffe ich mal, dass Sie den Killer bald schnappen."

„Danke, das wünsche ich mir auch."

Als Mason Flint den Laden verließ, fühlte er sich besser, denn sein Instinkt sagte ihm, dass er auf der richtigen Spur war …

Der Verkehr in London war so dicht, dass es nicht einfach war, aus der Stadt herauszukommen. Auf der A 23 ging es dann zügiger voran. Mason Flint fuhr in seinem Jaguar an Croydon vorbei und wechselte auf die A 22, die ihn bis Warlingham bringen würde.

Um nicht vergebens zu fahren, hatte er zuvor bei der Firma angerufen und sich erkundigt, ob sich der Geschäftsführer überhaupt im Haus befand. Daraufhin hatte er mit Alan Bancroft einen Termin vereinbart. Er hatte ihm auch gesagt, worum es ging, und ihm die Nadel beschrieben. Bancroft hatte versprochen, sich kundig zu machen und Mason Flint zu erwarten.

Mithilfe des GPS fand er die Firma ohne Probleme. Die kleine Fabrik lag in einem Industriegelände, wo die Grundstücke noch preiswerter waren, nahe der Schnellstraße, um Waren schnell auf den Weg bringen zu können.

Mason stellte seinen Jaguar auf dem Parkplatz ab, der zum Firmengelände gehörte. Vor ihm erhob sich eine große Fertigungshalle. Ein Bürotrakt lag links davon, ein viereckiger Bau aus Beton und Glas.

Mason Flint ging schnurstracks auf das Bürogebäude zu und trat in einen hellen Vorraum mit zwei kleinen Sitzgruppen, auf deren Tische Prospekte lagen, in denen die Waren aufgeführt wurden, die man hier herstellte.

Eine Empfangsdame saß hinter einem Tresen und lächelt höflich. Eine schon ältere Frau, die sich aber trotz ihrer Jahre eine jugendliche Frische bewahrt hatte.

Sie wusste bereits Bescheid, griff zum Telefon und beorderte jemanden in den Vorraum, der den Besucher abholen sollte. Dieser Jemand war weiblich, blond, hübsch und bekleidet mit einem schwarzen Rock und einem hellgrünen dünnen Pullover.

„Mr. Flint?“

„Ja.“

„Bitte, ich darf Sie zu Mr. Bancroft bringen.“

„Danke, gern."

Auf dem Weg zu Bancrofts Büro fragte sie: „Möchten Sie Tee oder Kaffee? Beides ist frisch."

„Dann nehme ich einen Kaffee."

„Gut."

Sie betraten zunächst ein kleines Vorzimmer und gingen weiter ins Büro des Geschäftsführers. Der erhob sich hinter seinem Schreibtisch und knöpfte sein hellbraunes Jackett zu, zu dem er ein passendes blaues Hemd trug und eine dezent gestreifte Krawatte.

„Nehmen Sie es nicht als Misstrauen, Mr. Flint", sagte er nach einem kräftigen Händedruck, „aber darf ich bitte Ihre Legitimation sehen?"

„Selbstverständlich." Mason Flint reichte ihm seinen Dienstausweis, den sich Bancroft sehr genau anschaute.

Mason Flint sah sich in der Zwischenzeit im Büro um und musste zugeben, dass es hier nach Arbeit roch. Dann erhielt er seinen Ausweis zurück.

„Setzen wir uns", sagte Bancroft mit einem höflichen Lächeln und wies auf eine kleine Sitzgruppe.

Die junge Frau aus dem Vorzimmer brachte den Kaffee und auch Mineralwasser und stellte das Tablett auf den Tisch.

Bancroft trank ebenfalls Kaffee und fragte dann: „Also, Inspektor – wie genau kann ich Ihnen helfen?"

„Es geht um diese Hutnadel, die ich Ihnen bereits am Telefon beschrieben habe." Er griff in die Außentasche seines Jacketts und holte die Nadel hervor, um sie auf den Tisch zu legen. „Wie ich erfahren habe, wurde diese Nadel in Ihrer Firma hergestellt."

Bancroft nahm die Nadel, die noch immer in dem Plastikbeutel steckte, an sich, um sie genauer anzuschauen. „Ein wirklich außergewöhnliches Teil aus unserer Produktion", murmelte er. „So etwas wie ein Unikat. Als diese Hutnadel hergestellt wurde, waren wir beide noch nicht auf der Welt, Inspektor. Da müssen Sie mehr als hundert Jahre zurückgehen."

„Sie ist also antik?"

„Das kann man sagen."

„Und weiter?"

Bancroft legte die Nadel wieder auf den Tisch und lehnte sich zurück. „Sie ist nicht nur antik, sie ist – wie ich schon erwähnte – sogar etwas Besonderes, ein Unikat, Mr. Flint."

„Was heißt das genau?"

„Nachdem Sie mich angerufen und mir die Nadel beschrieben hatten, habe ich unsere alten Geschäftsbücher durchgeschaut. Bleiben wir zunächst mal bei der Nadel. Sie hat einen Silberüberzug, so wie die sechs anderen Nadeln auch."

„Es sind sieben?", fragte Mason erstaunt.

„Genau, Mr. Flint. Und jede Nadel hat an ihrem Ende das Zeichen eines Planeten."

„Sieben Planetenzeichen also …", murmelte Mason Flint. Dann sagte er noch etwas lauter: „Aber unser Sonnensystem hat, wenn ich mich recht erinnere, neun Planeten, richtig?"

Alan Bancroft grinste ihn an. „Falsch."

„Falsch?" Mason hob erstaunt die Augenbrauen. „Ist meine Allgemeinbildung so schlecht?"

„Das wohl nicht", meinte Bancroft, „nur nicht mehr auf dem neuesten Stand. Seit 2006 zählt der Pluto laut Definition nicht mehr zu den Planeten unseres Sonnensystems, sondern nur noch als Zwergplanet."

Mason zuckte mit den Schultern. „Okay, aber die Nadel stammt aus dem vorletzten Jahrhundert, also trifft die Definition von 2006 wohl darauf nicht zu."

„Der Pluto wurde aber erst 1930 überhaupt entdeckt", erklärte Alan Bancroft.

„Hmm", machte Mason. „Dennoch – ohne Pluto sind es acht Planeten. Sie sprachen aber eben von nur sieben Nadeln."

Bancroft nickte. „Richtig, Inspektor. Und die Sache ist noch merkwürdiger, denn die Planetenzeichen auf den Nadeln waren …" Er holte einen Zettel hervor, auf den er sich Notizen gemacht hatte, und las ab: „Merkur, Venus, Mars, Jupiter, Saturn, Mond und Sonne – und Letztere gehören definitiv nicht zu den Planeten."

„Das ist interessant", meinte Mason. Er würde der Sache mit den sieben Planeten oder vielmehr mit den sieben Himmelskörpern nachgehen müssen. Warum waren es sieben, und warum waren Mond und Sonne dabei?

„Warum ist das so wichtig?", wollte Alan Bancroft wissen.

„Fünf dieser Nadeln haben wir bereits gefunden",

erklärte Mason. „Und sie wurden als Mordwaffen verwendet."

Bancroft starrte den Polizisten erschrocken an. „Mord?"

„Ja, Sie haben richtig gehört."

„Und gleich fünf Morde?" Der Geschäftsführer wirkte erschüttert.

Mason nickte. „Vielleicht können Sie mir sagen, wer diese Nadeln erworben hat."

Es war nur eine vage Hoffnung, die er damit äußerte, aber zu seinem Erstaunen antwortete Bancroft: „Das kann ich tatsächlich. Denn auch der Name des Kunden steht noch in den alten Geschäftsbüchern. In diesem speziellen Fall ist es sogar eine Kund*in* gewesen."

„Und der Name?", fragte Mason erwartungsvoll.

Bancroft schaute wieder auf seinen Notizzettel. „Die Frau hieß Doriana Gray. Für sie haben wir die Nadeln sogar versilbern lassen. Es waren besondere Stücke und ein einmaliger Sonderauftrag, denn ansonsten stellten wir zu dieser Zeit nur Massenschmuck her. Bei diesen Hutnadeln haben wir eine Ausnahme gemacht."

„Die Kundin hieß also Doriana Gray?", fragte Mason Flint, und dieser Name brachte irgendetwas in ihm zum Klingeln; er wusste nur noch nicht, woran genau ihn der Name erinnerte.

„Genau."

„Wissen Sie mehr über sie?", fragte Mason. „Steht in den alten Geschäftsbüchern, wer sie war und woher sie kam? War sie von Adel? Stammte sie aus dem Großbürgertum? Ich meine, die Nadeln waren bestimmt nicht billig."

„Da sagen Sie was, Mr. Flint. Die Lady musste sich diese Anfertigungen schon leisten können." Bancroft hob die Schultern. „Aber mehr kann ich Ihnen auch nicht sagen. Ich kann Ihnen die entsprechenden Seiten aus den alten Geschäftsbüchern kopieren lassen und ..."

Mason winkte ab. „Das ist nicht nötig. Jedenfalls haben Sie mir sehr geholfen."

„Freut mich." Bancroft lächelte. „Kann ich Ihnen sonst noch irgendwie behilflich sein?"

„Im Moment nicht. Mal sehen, ob ich noch mehr über diese Doriana Gray in Erfahrung bringen kann, auch wenn so viele Jahre ins Land gegangen sind."

„Sie als Polizist haben da doch sicher Ihre Möglichkeiten."

„Das hoffe ich." Für Mason Flint war das Gespräch beendet. Er stand auf und reichte Alan Bancroft die Hand. „Ich bedanke mich für Ihre Hilfe."

„Keine Ursache."

Alan Bancroft brachte seinen Besucher noch bis zur Tür. Den Weg hinaus fand Mason allein.

Er hatte eine Spur, einen Namen.

Doriana Gray!

Er flüsterte den Namen vor sich hin, und noch immer kam er ihm seltsam vertraut vor.

Sorge bereitete ihm, dass noch zwei Nadeln im Umlauf waren. Er musste also befürchten, dass es noch zwei weitere Morde geben würde.

Er schüttelte die trüben Gedanken ab, als er seinen Wagen startete. Auch ein Inspektor der Metropolitan Police hatte ein Privatleben, und der Feierabend rückte näher …

3

Vergangenheit

Doriana hockte in ihrem Versteck und zitterte am ganzen Leib. Sie war Zeugin gewesen, wie man Mother Shipton grausam gefoltert hatte, wie man sie ermordet hatte, wie man den geschundenen Körper der Hexe zerhackt hatte … Nun jedoch nahm ihr ein Schleier aus Tränen die Sicht.

Es war schrecklich gewesen, das alles mit anzusehen. Mother Shipton hatte sie von frühester Kindheit an aufgezogen, und von ihr hatte Doriana die Hexenweihe erhalten. Sie war Mother Shipton immer eine gute Schülerin gewesen, und sie war dazu ausersehen gewesen, dereinst ihre Nachfolge anzutreten.

Dies würde nun schneller eintreten, als sie sich vorgestellt hatte, denn Mother Shipton gab es nicht mehr. Es gab nicht mal mehr ihren toten Leib, denn den hatten ihre Henker vom Kreuz gerissen, zerstückelt und die einzelnen Teile in die Feuer geworfen, wo sie verbrannt waren.

Kein Laut war aus dem Mund der schockierten Beobachterin gekommen. Doriana hatte in ihrer Deckung gesessen, die Faust gegen den Mund gepresst, und sich in den Handballen gebissen, um nicht aufzuschreien. Hätte sie sich verraten, man hätte auch sie grausam gefoltert und verstümmelt.

Doch auch danach war das Werk der Hexenjäger nicht vollendet gewesen. Sie hatten auch noch die Hütte, in der Mother Shipton und Doriana all die langen Jahre gelebt hatten, angezündet und niedergebrannt.

Noch immer hockte sie im Unterholz, in das sie geflüchtet war, als die Soldaten die Hexe aus dem Haus getrieben hatten. Noch immer fürchtete sie sich davor, dass die Soldaten die Umgebung nach ihr absuchten. Das taten sie glücklicherweise nicht. Sie hatten es eilig, zu ihrer Feier zu kommen. Als Belohnung gab es Schnaps, so viel sie trinken konnten.

Erst als der Morgen graute, traute sich Doriana aus ihrem Versteck. Sie musste fliehen, aber sie wollte zuvor nachschauen, ob etwas den Brand überstanden hatte.

Sie sah die finstere Gestalt am Waldrand nicht. Sie hörte sie auch nicht kommen. Erst als sie nahe bei ihr war, vernahm Doriana ein Geräusch und fuhr erschrocken herum.

Vor ihr stand ein Mann, doch sein Gesicht war unter einer schwarzen Stoffmaske verborgen, die nur zwei Augenlöcher aufwies.

Bevor sie zurückweichen konnte, rammte er ihr die Faust gegen die Stirn, und sie brach bewusstlos zusammen …

* * *

Gegenwart

Mason Flint und seine Freundin Frenchy Davies hatten sich für den Abend verabredet. Was sie unternehmen würden, stand noch nicht fest, das wollten sie spontan entscheiden, doch wenn Mason ehrlich sich selbst gegenüber war, stand ihm der Sinn nach einem ruhigen Abend.

Er war einige Male im dichten Londoner Verkehr stecken geblieben und hatte die Zeit für Anrufe genutzt. Er hatte auch mit Sergeant Horseman gesprochen, der ihm allerdings nichts Neues berichten konnte. Der Tote lag noch zur Untersuchung in der Pathologie. Ergebnisse würde es wohl erst am nächsten Tag geben.

Sein Chef befand sich zurzeit auf einer Informationsreise. Aber er würde am nächsten Tag wieder im Büro sitzen und mit Mason über den Fall sprechen wollen.

Probleme bereiteten Mason Flint die beiden noch im Umlauf befindlichen Nadeln. Wahrscheinlich würde er in der nächsten Zeit wieder vor einem Toten stehen, und alles begann von vorn.

Hinsichtlich der Nadeln und der sieben Planetenzeichen konnte ihm jedoch ein Kollege weiterhelfen, den er bat, entsprechende Recherchen im Internet anzustellen. Er rief Mason nach kurzer Zeit auf dem Handy zurück, als der gerade das Haus erreichte, in dem er wohnte, und klärte ihn darüber auf, was es mit den sieben Planeten auf sich hatte ...

Frenchy war noch nicht eingetroffen. Bei ihr konnte man nie wissen, wann sie Feierabend hatte. Sie war in einer Werbeagentur tätig, und da gab es keine festen Arbeitszeiten.

Seine Wohnung bestand aus einer kleinen Küche, einem größeren Wohnraum, einem ebenfalls kleinen Schlafzimmer und einem Bad mit Toilette und Dusche. Mehr brauchte er nicht; als Single reichte ihm die Wohnung völlig, und auch für zwei war sie groß genug, obwohl Frenchy und er die Unabhängigkeit liebten und so bald nicht zusammenziehen würden.

Mason ging ins Bad und stellte sich unter die Dusche. Nachdem er aus der Kabine gestiegen war, warf er noch einen kurzen Blick in den Spiegel und musste zugeben, dass er nicht eben gut aussah. Der Tag hatte bei ihm seine Spuren hinterlassen. Sein Gesicht wirkte müde, die Haut grau, und unter seinen Augen lagen dunkle Ringe.

Dann zog er sich an, während sich seine Gedanken wieder um den Fall drehten. Er ahnte, dass da etwas auf ihn zurollte, was er in seiner Zeit bei der Polizei noch nicht erlebt hatte. Wenn er in dieser Stimmung blieb, würde Frenchy an diesem Abend nicht viel Freude an ihm haben. Sie hatte gestern von einer In-Disco gesprochen, die sie mal besuchen wollte. Im NIGHTWATCH verkehrte die Londoner Szene, und Frenchy wollte sich den Laden gern mal anschauen, hatte sie gesagt.

Er hatte nichts gegen Discos, aber an diesem Abend fehlte ihm schlichtweg die Lust dazu. Zu viele Gedanken beschäftigten ihn. Der Fall, an dem er gerade arbeitete, war einfach zu außergewöhnlich. Blutleere Leichen in London, Vampirbisse am Hals der Toten ... Das alles schwirrte Mason durch den Kopf.

Als er fertig angezogen war, ging er in den Livingroom und holte sich ein Glas und eine Flasche von seinem besten Scotch aus dem Barschrank. Den Schluck hatte er sich verdient. Die Glotze ließ er ausgeschaltet, dafür schob er eine CD von Frank Sinatra ein und lauschte seiner weichen Stimme. Mit dem Glas in der Hand stellte er sich dann ans Fenster und blickte hinaus auf die Stadt, die sich für die Nacht bereit machte. Die Lichter flammten nach und nach auf, die Straßenlaternen, die Neonreklamen. Und die Fahrer schalteten die Scheinwerfer ihrer Wagen an. Der graue Himmel sah aus wie ein riesiges Leichentuch, das jemand über die Metropole gespannt hatte, bis in die Unendlichkeit reichend, aber hin und wieder wurde das Grau von kleinen blinkenden Lichtern unterbrochen, die von Flugzeugen stammten.

Mason Flint mochte diese Aussicht, und er mochte die Stadt, in der er aufgewachsen war. Sein Berufswunsch hatte schon von klein auf festgestanden: Er hatte immer Polizist werden wollen. Sein Job gab ihm das Gefühl, seine geliebte Stadt verteidigen zu können, denn Kriminalität gab es leider genug, nicht nur fünf mit Hutnadeln getötete Menschen.

Er hatte das Glas noch nicht leer, da hörte er die Klingel. So forsch schellte nur eine: Frenchy, die wie immer wieder voller Energie steckte. Sie hatte auch einen Schlüssel zur Wohnung, aber sie benutzte die Klingel, um sich bei Mason anzumelden.

Flint ging zur Tür und öffnete.

„Hi, da bin ich!" Sie breitete die Arme aus. Typisch Frenchy. Anders hätte sie gar nicht sein können, es sei denn, sie wäre krank gewesen.

Sie war blond, hatte eine tolle Figur, und wer in ihr Gesicht schaute, glaubte eine gewisse Ähnlichkeit mit der jungen Sharon Stone festzustellen.

Bekleidet war sie mit einer hautengen Jeans, deren Hosenbeine in schwarzen Stiefeln mit hohen Absätzen steckten. Unter der Jacke aus dunkelblauem Leder trug sie ein Glitzertop. Die aufgenähten Steine funkelten in allen Farben des Regenbogens.

„Komm rein", sagte er, nachdem er sich von ihr gelöst hatte.

Sie zog eine Schnute. „Ist das alles?"

Er lächelte versöhnlich. „Der Rest kommt später."

Frenchy ließ sich einfach fallen, und Mason war gezwungen, sie aufzufangen. Bevor er sich versah, hatte sie ihm einen Kuss auf die Lippen gedrückt, der auch nicht aufhörte, als er sie in die Wohnung hineinzog. Die kleine Tasche rutschte ihr von der Schulter und landete am Boden. Mit dem Absatz versetzte sie der Tür einen Stoß, sodass sie zufiel, erst dann ließ sie Mason los.

„Du schmeckst nach Scotch."

„Stimmt. Ich habe mir ein Glas gegönnt. Möchtest du auch eines?"

„Hm, könnte nicht schaden."

„Dann komm."

Er ging vor ins Wohnzimmer. Dort ließ sich Frenchy in einen Sessel fallen und streckte die Beine von sich.

„Wie war dein Tag, Sherlock Holmes?“

„Nicht gut.“

„Ach. Wieso?“

Mit dem Glas in der Hand drehte sich Mason um. „Lass uns nicht darüber reden.“

„Warum nicht?“

Er reichte ihr das Glas und nahm sich seines wieder, das noch nicht leer war.

„He, warum nicht?“, wiederholte Frenchy ihre Frage.

Mason verzog das Gesicht. „Der Morgen begann mit einer Leiche.“

„Weiblich oder männlich?“

„Männlich.“

„Und wer war es?“

„Hab ich vergessen. Die Untersuchungen laufen noch.“ Mason setzte sich ihr gegenüber und wechselte das Thema. „Schön, dass du da bist.“ Er beugte sich vor und stieß mit ihr an. „Cheers.“

„Ja, cheers. Und auf einen schönen Abend.“ Sie tranken, und als Frenchy das Glas wieder absetzte, fragte sie: „Sag mal, hast du dir schon Gedanken darüber gemacht, wie es heute laufen soll?“

„Hab ich nicht.“

„Ha, aber ich.“

Mason nickte ihr zu. „Das hab ich schon bemerkt. Perfektes Outfit.“

„Genau, Inspektor, und das ist für die Disco.“ Frenchy nahm noch einen Schluck, dann schaute sie ihren Freund über das Glas leicht indigniert an. „Deine Reaktion zeugt nicht gerade von Begeisterung, wenn ich mich nicht täusche.“

Mason wusste, dass er Frenchy nichts vormachen konnte, und gab zu, dass er nicht viel Lust auf den Discobesuch hatte.

Sie verdrehte die Augen. „Benimm dich doch nicht wie ein alter Mann, Mason.“

„Tu ich nicht.“

„Doch, tust du. Komm schon, wir machen mal wieder so richtig einen drauf und lassen es krachen. Du brauchst keine Angst zu haben, stundenlang tanzen zu müssen. Der Schuppen ist super, da kann man sich auch anders amüsieren, du wirst es erleben.“

„Glaube ich dir. Nur ist heute kein Wochenende. Ich muss morgen sehr früh wieder raus.“

„Ich muss morgen auch wieder zur Arbeit“, gab sie zu, fügte dann aber hinzu: „Nur nicht ganz so früh, weil ich heute so lange in der Agentur war.“

„Dann sind wir uns einig.“

Frenchy nickte heftig. „Und ob. Wir sind uns einig darüber, dass wir nicht zu viel trinken. Wir bestellen uns Softdrinks und haben einfach nur Spaß.“ Gleichzeitig schlug sie mit den Hacken einen Rhythmus auf den Teppichboden.

Mason kannte das Spiel. Er wusste, dass er mal wieder auf der Verliererstraße war. Er gab auf und nickte.

„Super", rief sie, „dann ziehen wir los!"

„Wann?", fragte Mason ergeben.

„Lass uns noch etwas warten. Die Post geht erst später ab."

„Wie du meinst. Dann kann ich in der Küche noch eine Pizza aufwärmen."

„Das wäre toll. Ich hab noch nicht zu Abend gegessen, weißt du."

„Konnt ich mir denken." Mason Flint erhob sich und ging kopfschüttelnd in die kleine Küche. So war Frenchy eben, und vielleicht mochte er sie deshalb auch so. Sie bildete irgendwie den Gegenpol zu ihm.

Er holte die Pizza aus dem Kühlschrank und steckte sie in die Mikrowelle. Während sie sich im Gerät drehte, dachte er darüber nach, wie der Abend verlaufen würde. Die Disco traf nicht seinen Geschmack. Frenchy war da anders. An manchen Abenden strotzte sie geradezu vor Lebenslust – da wollte sie nur tanzen, als müsste sie den Ballast der vergangenen Tage von sich schütteln.

Die Mikrowelle meldete sich mit einem »Kling!«. Mason holte die Pizza heraus. Schließlich kehrte er mit zwei Tellern und Besteck in der Hemdtasche in den Wohnraum zurück.

„So, das wird unseren Hunger vielleicht halbwegs stillen", sagte er und rechnete damit, dass Frenchy ihm in freudiger Erwartung entgegenlächeln würde. Immer wenn sie Hunger hatte, trat dieser bestimmte Glanz in ihre Augen.

An diesem frühen Abend war es anders. Sie lächelte nicht, sie schaute ihn auch nicht an, sondern saß im Sessel und blickte nach vorn auf den Tisch.

Mason platzierte die Teller mit den Pizzahälften auf den Tisch. „He, was ist los?“

„Woher hast du die Nadel?“

Mason rückte nicht sofort mit der Antwort heraus. Er hatte die Hutnadel mitgenommen und sie auf den Tisch gelegt. Sie befand sich noch immer in der kleinen Plastiktüte. Er hatte vor, sie am nächsten Tag mit aufs Revier zu nehmen. „Sie ist ein Beweisstück.“

„Das dachte ich mir“, sagte Frenchy schaudernd. „Wurde damit jemand getötet?“

„Ja.“

„Sie besteht aus Silber, nicht wahr?“

„Auch das.“

Frenchy stieß einen leisen Pfiff aus. „Das ist ein Ding“, flüsterte sie.

„Ja“, sagte er. „Und es gibt nicht nur eine Nadel, sondern insgesamt sieben. Also sieben Planetenzeichen. Dieser Kreis mit der Pfeilspitze symbolisiert den Mars.“

Frenchy war erstaunt. „Sieben Planetenzeichen? Warum nur sieben? Unser Sonnensystem hat doch neun Planeten?“

„Der Pluto war damals noch nicht entdeckt und ist in Wirklichkeit ein Zwergplanet“, gab Mason weiter, was er von Alan Bancroft erfahren hatte. Außerdem wusste er ja inzwischen auch von dem Kollegen, der für ihn im Internet recherchiert hatte, was es mit den sieben Planetenzeichen auf sich hatte, und damit hielt er nicht hinterm Berg. „Nach der Entdeckung des Asteroiden Hebe in der Mitte des vorletzten Jahrhunderts, der damals noch als Planet galt, folgte man dem Vorschlag von Alexander von Humboldt, nur noch die großen Himmelskörper, die ihre Bahn um die Sonne ziehen, als Planeten zu bezeichnen, und das waren die damals bekannten acht Planeten. Das stimmt mit unserem heutigen Bild des Sonnensystems überein. Aber es gibt noch ein weiteres Sonnensystem ..."

„Ach", sagte Frenchy erstaunt und machte große Augen. „Ein zweites Sonnensystem?"

Mason nickte. „Ja, das sogenannte okkulte Sonnensystem, in dessen Mitte sich nicht die Sonne, sondern die Erde befindet, und das umgeben ist vom Tierkreis."

„Und das hat nur sieben Planeten?"

„Richtig", sagte Mason. „Uranus, Neptun und Pluto gehören nicht mehr dazu, denn angeblich sind sie zu weit entfernt, um Einfluss auf die angebliche geistige Weiterentwicklung des Planetensystems zu haben, dafür aber Sonne und Mond, und darum sehen die Okkultisten diese als Planeten an, als sogenannte Wandelsterne."

Frenchy staunte nicht schlecht. „Okkultes Sonnensystem ..." Sie nickte anerkennend. „Du kennst dich offenbar aus, Mason."

Er winkte ab. „Nicht wirklich. Hat ein Kollege für

mich rausgefunden.“ Mason deutete auf die Nadel. „Jedenfalls ist das hier bereits die fünfte Nadel. Fünf Morde.“

Frenchy schaute ihn erschrocken an. „*Fünf* Morde?“

„Ja. Fünf Morde. Fünf versilberte Hutnadeln. Mit den verschiedenen Planetenzeichen des okkulten Sonnensystems darauf.“

Frenchy stieß die Luft aus. „Aber wer tut so etwas? Wer mordet mit Hutnadeln? Und warum macht er das?“

„Wir stehen leider erst am Anfang, Frenchy.“ Die ganze Wahrheit wollte er ihr nicht sagen, um sie nicht zu beunruhigen. Deshalb behielt er für sich, dass die Opfer blutleer gewesen waren, und verschwieg auch die Sache mit den Bissstellen.

„Also stehst du noch vor einem Rätsel, ja?“, fragte sie.

„So ist es. Ich muss die Spur dieser Nadeln verfolgen.“ Er wollte nicht mehr über die Arbeit sprechen und wechselte das Thema: „Was ist mit der Disco? Willst du noch?“

„Ja, Mason, ja.“ Sie nickte heftig und fügte hinzu: „Verdammt, ich brauch mal wieder ’ne Abwechslung, und das Nightwatch ist angeblich *der* Brüller.“

„Hmm“, brummte er. „Wir werden ja sehen.“

„Ich habe mich extra dafür in Schale geworfen.“

Er lachte kurz auf. „Und was ist mit *meinem* Outfit, Frenchy?“

Sie machte eine vage Handbewegung. „Bei Männern

ist das nicht so wichtig.“ Sie stand auf. „Keine Diskussion mehr, Mason. Lass uns gehen. Ich verspreche dir, auch du wirst deinen Spaß haben.“

Oder auch nicht, dachte er, aber das behielt er für sich …

4

Blasse Gesichter, die in den Discolights aufleuchteten. Musik, hämmernd, hart, fast brutal. Fratzen, die wie flackernde Lichter erschienen und sofort wieder verschwanden, wurden als Hologramme zwischen die Tanzenden produziert, als würden die Toten die Disco besuchen – Zombies, die ihre Gräber verlassen hatten, um die Welt der Lebenden heimzusuchen.

Das NIGHTWATCH war etwas Besonderes, nicht direkt ein Gruftie-Tempel, aber auch keine gewöhnliche Disco. Das musste auch Mason Flint zugeben, der sich mit seiner Freundin bis zur kreisrunden Theke vorgekämpft und dort zwei Hocker ergattert hatte.

Der Schuppen hatte eine gut funktionierende Klimaanlage, sodass die Luft erträglich war, obwohl der Laden fast aus den Nähten platzte. Hinter der Bar arbeiteten drei Männer und zwei Frauen, allesamt in Schwarz gekleidet und mit bleich geschminkten Gesichtern; bei den Frauen kamen zudem noch violett angemalte Lippen hinzu.

„Kommst du mit?“, fragte Frenchy. „Ich will tanzen.“

„Später.“

Sie verdrehte die Augen. „Gut, dann tanz ich ein paar Runden allein. Ich muss den Frust loswerden.“

„Welchen Frust?“

„Den von der Arbeit.“ Sie klopfte auf den Tresen. „Ist ’n beschissener Tag gewesen.“

„Ja, bei mir auch“, knurrte er.

„Bis gleich."

Und schon war Frenchy in dem Gewühl aus Leibern verschwunden. Dass man allein tanzte, war im NIGHTWATCH eher die Regel als die Ausnahme. Hier konnte man sich bei der lauten und wilden Musik so richtig austoben.

Mason aber hatte keine Lust dazu. Er befand sich einfach nicht in der richtigen Stimmung. Fünf Ermordete, das waren fünf zu viel. Und wahrscheinlich würde es noch zwei weitere Morde geben, wenn er nicht bald weiterkam mit seinen Ermittlungen.

Er hatte sich einen Drink bestellt, passend zu den immer wieder in den Raum projizierten Monsterfratzen. Er hieß Zombieblut, war dunkelrot, ein Mix aus Säften und sehr viel Rum, den Mason beim Trinken deutlich herausschmeckte.

Frenchy war im Pulk der Menschen nicht mehr auszumachen. Die große Tanzfläche wurde von einer Multikultigesellschaft in Beschlag genommen. Da waren Abkömmlinge aus aller Herren Länder vertreten – Weiße, Schwarze, Latinos, Chinesen, Japaner und die verschiedensten Mischlingstypen. Die meisten der Typen trugen Muscle-Shirts, und auch die weiblichen Besucher waren in ihrer Kleidungswahl darauf bedacht gewesen, ihre körperlichen Vorzüge hervorzuheben. Das war kein normales Tanzen mehr, das kam schon einem gegenseitigen Anmachen gleich.

Polizeilich aufgefallen war die Disco noch nicht. Mason hätte davon erfahren, hätten die Kollegen der

Narcotic Squad hier Razzien durchgeführt. Der Tempel war also sauber, zumindest nach außen hin, aber wenn Mason sich die Typen so anschaute und mitbekam, wie einige beim Tanzen regelrecht ausflippten, ging er einfach davon aus, dass ein Teil von ihnen zumindest mit Ecstasy vollgeknallt war. Die bunten und mordsgefährlichen Muntermacher konnte man an jeder Ecke kaufen und in Schuppen wie dem NIGHTWATCH erst recht.

Aber Mason war nicht von der Drogenfahndung. Er hatte ganz andere Sorgen. Wieder musste er an die Bissmale denken, die die Leichen aufgewiesen hatten. Noch immer wehrte er sich gegen den irren Gedanken, es mit echten Vampiren zu tun zu haben, aber mal vorausgesetzt, es gab sie wirklich, dann hatten sie im NIGHTWATCH ideale Bedingungen. Unter den ganzen bleich geschminkten Gesichtern würden sie kaum auffallen.

Eine junge Frau schob sich von der Tanzfläche her an die große Theke heran. Mason nahm sie zunächst nur aus dem Augenwinkel wahr, dann aber schob sie sich auf den Hocker neben ihm. Der kurze Rock rutschte noch höher, und das Oberteil bestand aus einem seidigen Nichts.

Sie schaute ihn an mit Augen, die durch die dunkle Schminke noch größer wirkten. Ihr Mund war rot wie eine blutende Wunde, und die dunkle Mähne war mit Haarlack nach hinten gekämmt.

„Darf ich?“

Mason wusste nicht, was sie meinte, bis sie nach seinem Glas griff, es an die Lippen setzte und einen großen Schluck trank.

„Schmeckt's?", fragte er brummig.

„Und wie", sagte sie unbekümmert und setzte das Glas zurück auf die Theke. „Bist du allein?"

Mason tat so, als würde er sich umschauen, dann antwortete er: „Im Moment schon."

„Darüber brauchst du dir aber keine Sorgen zu machen", sagte sie mit gurrender Stimme. „Hier bleibt niemand lang allein."

„Das kann ich mir denken."

„Auch du nicht."

Mason hob die Schultern. „Vielleicht will ich aber allein sein."

Mit blitzenden Augen musterte sie ihn. Dann zuckte ein Lächeln um ihre Mundwinkel. „Schade, wir könnten 'ne Menge Spaß haben." Sie legte ihre Hand auf seinen linken Oberschenkel und bewegte die Fingerkuppen kreisend. „Oder meinst du nicht?"

„Mal hören, was meine Freundin dazu sagt?"

„Ach." Nun tat sie so, als würde sie sich umschauen. „Ist sie auch hier?"

„Sie tanzt."

„Ist sie hübsch?"

„Bestimmt."

„Ich mag hübsche Frauen", sagte sie mit einem eindeutigen Augenaufschlag. „Und harte Kerle. Überleg es dir, ich komm noch mal vorbei."

Ist nicht nötig, wollte Mason sagen, doch da war sie bereits verschwunden.

Er grinste in sich hinein; hier fand man wirklich alles. Er schob das Glas weg und bestellte eine Flasche Sodawasser.

Auf ein Glas verzichtete er und trank direkt aus der kleinen Flasche. Als er sie wieder absetzte, sah er Frenchy, die sich einen Weg auf ihn zu bahnte. Sie war nicht allein. In ihrem Schlepptau befand sich ein Typ, der nach Macho und Latin Lover roch. Einer von diesen Typen im weit aufgeknöpften weißen Hemd, mit einer Goldkette um den Hals und einer engen schwarzen Hose.

Er fasste Frenchy am Arm, doch sie machte sich mit einer heftigen Bewegung frei.

„He, du bist doch auf der Tanzfläche so heiß gewesen“, beschwerte er sich. „Du hast mich angebaggert, gib's zu.“

„Verzieh dich!“, herrschte sie ihn an.

Grimmig verzog er das Gesicht. „So spricht man nicht mit Chuck.“

„Ich tu es aber!“, entgegnete Frenchy wütend.

Sie stellte sich neben Mason, der vom Hocker gerutscht war und sich dem Typen demonstrativ entgegenstellte.

Chuck grinste ihn frech an. Sein Gesicht sah trotz der jungen Jahre bereits verlebt aus.

„Bist du etwa ihr Stecher?“, fragte er Mason herausfordernd.

„Mach die Fliege", grollte Mason. „Es ist besser für dich."

„Willst du Ärger?"

„Nein."

„Dann hau *du* ab!"

Mason schüttelte den Kopf. Es gab immer wieder Typen, die es auf die harte Tour brauchten. In dieser Welt durfte man nicht zimperlich sein – das war die Devise, nach der Mason handelte. Seine rechte Hand schoss vor und packte zu wie eine Zange. Ihr Ziel war der gefüllte Raum zwischen den Beinen des Machos, der plötzlich zusammenzuckte, den Mund weit aufriss, aber nicht schrie, weil ihm die Luft wegblieb.

„Wenn du nicht gleich verduftest, Freund, pack ich richtig zu", grollte Mason. „Hast du kapiert, Chuck?"

„Ja ... das ... habe ich", presste er hervor.

„Super." Mason stieß die freie Hand gegen Chucks Brust und ließ ihn gleichzeitig zwischen den Beinen los, sodass der Bursche zurücktaumelte. Sein Gesicht war bleich geworden und erinnerte an die Zombiefratzen, die als Hologramme immer noch zwischen den Tanzenden erschienen. Für ihn war der Abend gelaufen. Ohne irgendwelche Drohungen auszustoßen, verschwand er in der Menge.

„Das war recht hart, Mason."

„Tut mir leid. Aber manchmal muss man so mit denen umgehen. Solche Typen denken, sie wären die Kings und könnten sich alles herausnehmen. Aber da haben sie sich geirrt." Er schaute sie an. „Okay. Und jetzt?"

Sie hob die Schultern und sah sich um. „Eigentlich habe ich keine Lust mehr. Komisch, ich bin auch müde. Der Tag in der Agentur war nicht gerade eine Freude."

„Dann lass uns gehen."

„Du sagst es." Sie griff nach Masons Wasserflasche und trank sie leer. „Aaah, das tat gut."

Innerlich beglückwünschte sich Mason grinsend, denn auch er hatte keine Lust mehr, sich noch eine Minute länger im NIGHTWATCH aufzuhalten. Typen wie dieser Chuck waren in solchen Schuppen keine Einzelfälle.

Sie bahnten sich einen Weg zum Ausgang, wobei Mason darauf achtete, an Frenchys Seite zu bleiben. Als sie den Ausgang schon fast erreicht hatten, sahen sie noch einmal Chuck, der auf einem Stuhl nahe der Toilettentüren saß. Er ließ irgendeinen Wodka-Mix direkt aus der Flasche in seine Kehle fließen, um seinen Frust zu bewältigen. Trotzdem sah er die beiden und krümmte den Zeigefinger zu einem imaginären Schuss.

Frenchy und Mason reagierten nicht, sondern gelangten ins Freie, wo die Luft doch besser war …

„Aaah, frische Luft – das tut gut", sagte Frenchy und lehnte sich gegen ihren Freund. „Heute bin ich echt nicht in Form. Wir hätten wirklich zu Hause bleiben sollen."

„Habe ich dir gleich gesagt", sagte Mason. „Nach

der Pizza hätten wir einen guten Roten trinken können und danach ...“

„... wäre ich ins Bett gefallen.“

Er grinste. „Ich auch.“

„Und dann hätte ich geschlafen.“

Er grinste noch breiter. „Ich nicht.“

„Dann hättest du dir eine andere suchen müssen.“

Er zuckte – noch immer grinsend – mit den Schultern. „Wäre kein Problem gewesen, nach dem Angebot, das man mir heute gemacht hat.“

„Wieso?“ Frenchy trat einen Schritt zurück und schaute ihn erstaunt an.

Mason erklärte, dass auch er angebaggert worden war, was Frenchy mit einem Lächeln und der Bemerkung quittierte, dass einem auf fremdem Terrain einiges passieren konnte.

„Und wie“, meinte er. „Der Discomaus hätte es nichts ausgemacht, wenn du dabei gewesen wärst.“

Frenchy riss die Augen auf. „Ein Dreier?“

„Darauf sollte es wohl hinauslaufen.“

„Na ja ...“ Mehr sagte Frenchy dazu nicht. Sie blickte sich um. Der Nachthimmel über ihnen war tintenblau, und sie sahen auch das Glitzern der Sterne, die an winzige Diamantsplitter erinnerten. Ein wolkenloser Himmel war selten über London.

Noch immer strömten Gäste herbei, die in die Disco wollten, doch nicht jeder, der sein Vergnügen suchte, wurde auch hineingelassen. Zwei Türsteher mit den scharfen Blicken von Greifvögelaugen kontrollierten jeden Gast. Sie brauchten sich den Leuten, die sie nicht reinlassen wollten, nicht mal in den Weg zu stellen oder sie anzuquatschen; oft reichte eine Handbewegung, dann wusste derjenige Bescheid und zog ab wie ein begossener Pudel. Die beiden Türsteher trugen dunkle Anzüge, unter denen sich ihre Muskelpakete gut abzeichneten. Wer nicht eingelassen wurde, protestierte auch nicht. Mit diesen Leuten legte man sich besser nicht an.

Sie taten ihren Job mit einer nahezu stoischen Gelassenheit, bis etwas eintrat, was ihr Verhalten änderte.

Frenchy und Mason hatten schon gehen wollen, doch Mason fiel das seltsame Verhalten der Türgorillas auf und es weckte seine Neugierde. Beide schauten in eine bestimmte Richtung, und aus der näherte sich ein Scheinwerferpaar die Straße herab.

Frenchy erfasste das Geschehen mit einem einzigen Satz: „Da kommt jemand ganz Besonderes."

„Interessiert es dich?", fragte Mason.

Frenchy drückte sich enger an ihren Freund. „Klar, für Promiklatsch bin ich immer zu haben."

Mason schmunzelte. „Okay, schauen wir mal, wer das ist."

Der Wagen rollte im Schritttempo näher. Es handelte sich um einen Bentley, um einen sündhaft teuren Wagen also. Instinktiv warf Mason einen Blick auf das Nummernschild. Als Polizist war ihm das in Fleisch und Blut übergegangen, und er registrierte selbst kaum, dass er es tat.

Es handelte sich um kein normales Kennzeichen; es

begann mit den Buchstaben CD für Corps Diplomatiques; der Besitzer des Wagens war demnach Angehöriger einer Botschaft. Dann folgte eine Eins, die Landesnummer der Vereinigten Staaten, und nach einem Bindestrich eine weitere Nummernfolge, die sich Mason Flint allerdings nicht einprägte; er stellte dies alles nur wie nebenbei fest.

Der Bentley hielt. Weder ein Fahrer noch ein Gast stiegen aus. Dafür lief einer der Türsteher auf die rechte hintere Tür zu und öffnete sie.

Es kam Mason vor, als würde die gesamte Umgebung die Luft anhalten, um auf ein bestimmtes Ereignis zu warten.

Das trat auch ein.

Zuerst erschienen zwei Beine, die sehr elegant aus dem Wagen geschwungen wurden. Haut war nicht zu sehen, denn die Beine wurden vom dunklen Stoff einer Hose bedeckt. Hochhackige Schuhe glänzten in einem hellrot eingefärbten Leder. Sie berührten den Boden, und einen Moment später schob sich eine Frau aus dem Bentley, um sich sogleich aufzurichten.

Zur Hose trug sie die passende Jacke. Die wiederum schimmerte in einem dunklen Blau, und durch den dreieckigen, nach unten hin spitz zulaufenden Ausschnitt sah man nackte Haut. Als sie sich in Bewegung setzte, lagen die beiden seitlichen Brusthälften frei.

Mason atmete tief ein. Und offenbar nicht nur tief, sondern auch laut, denn Frenchy stieß ihn an. „He, was hast du?“

„Das ist ein Klasseweib!“, entrang es sich ihm mit rauer Stimme.

„Offenbar“, sagte Frenchy spöttisch, „dir fallen ja fast die Augen aus dem Gesicht.“

Flint antwortete nicht. Er konzentrierte sich auf das Gesicht der fremden Frau. Auch wenn er es nur im Profil sah, erkannte er, dass sie eine wirkliche Schönheit war, der die hohen Wangenknochen noch zusätzlich einen exotischen Touch verliehen. Sie hatte lange schwarze Haare, so schwarz, dass sie an das Gefieder eines Raben erinnerten.

Der zweite Türsteher erwartete sie und deutete eine leichte Verbeugung an. Als er sich wieder straffte, sagte er: „Willkommen, Dorry. Ich hoffe, Sie werden sich wohlfühlen wie immer.“

Die Frau, die er mit »Dorry« angesprochen hatte, blieb für einen Moment stehen. „Ja, das hoffe ich auch. Ich möchte diese Nacht genießen, will mich amüsieren und unter ...“, sie stockte einen Moment, „... unter Menschen sein.“

„Das werden Sie, Dorry.“

„Sehr gut“, sagte sie, machte noch einen Schritt auf den Eingang zu, dann aber stockte sie erneut. Etwas schien sie zu stören. Sie drehte sich halb um, genau in die Richtung, in der Frenchy Davies und Mason Flint dicht beieinanderstanden, und ihre Blicke trafen sich.

Wie es Frenchy erging, wusste Mason nicht. Bei ihm allerdings bildete sich bei diesem Blickkontakt eine Gänsehaut auf seinem Rücken. Der Blick dieser dunklen Augen hatte eine ganz besondere Botschaft, die nur ihm allein zu gelten schien, und auf einmal bewegten sich auch ihre Lippen und kräuselten sich zu einem wissenden Lächeln. Dann drehte sie sich wieder um und ging – trotz ihrer hohen Absätze – mit geschmeidigen Bewegungen auf den Eingang zu.

Dorry war noch nicht ganz verschwunden, als der Fahrer den Bentley wieder startete. Er fuhr in die gleiche Richtung zurück, aus der er gekommen war, wofür er das Fahrzeug allerdings erst wenden musste.

Dabei fiel Mason Flint auf, dass das linke Rücklicht des Bentley defekt war und nicht mehr leuchtete. Es war wie eine Momentaufnahme, die sich in sein Polizistengedächtnis eingrub.

Frenchy stieß ihn erneut an. „He, komm zu dir."

Flint lachte. „Ich bin da."

„Vorhin aber bist du weg gewesen", beschwerte sie sich, „hingerissen von dieser Person. Da war ich Luft für dich."

Er lächelte sie an. „Mag sein, aber diese Dorry ist nun wirklich was Besonderes, das musst du zugeben."

„Unsinn", sagte Frenchy unwirsch. „Das ist eine reiche Tussi, die mit ihrem Erbe um sich wirft. Die kauft sich ihre Liebhaber und lässt sich kräftig durchbumsen, nachdem sie hier das Partygirl gespielt hat. Der würde ich gern diesen Chuck auf den Hals hetzen."

„Sie wurde Dorry genannt", murmelte Mason versonnen.

„Na und?"

„Kennst du sie?"

Frenchy schaute ihren Freund an, als hätte er nicht mehr alle Lampen im Kronleuchter. „Wie kommst du denn darauf?", fragte sie erstaunt. „Wenn ich sie kennen würde, hätte ich wohl anders reagiert."

„Sie ist ein Stammgast hier", murmelte er und kratzte sich nachdenklich am Kinn.

„Ja", sagte Frenchy schnippisch. „Eine Frau, die offenbar mit dem Geld um sich wirft, sonst hätte der Typ nicht so vor ihr gekatzbuckelt. Das ist doch nicht neu, das gibt es überall."

„Das Kennzeichen des Bentley …", sagte Mason. „Es war ein Diplomatenfahrzeug."

Frenchy verdrehte die Augen. „Meine Güte", stöhnte sie. „Was interessiert dich so an der Frau? Bist du scharf auf sie? Willst du mit ihr ins Bett?"

Flint strich sich über den Oberlippenbart. „Ich weiß es selbst nicht, aber die hat richtig bei mir eingeschlagen. Ja, ich interessiere mich für sie …"

Frenchy riss den Mund auf, um ihrer Empörung Luft zu machen und Mason eine geharnischte Antwort an den Kopf zu werfen, aber da sprach er weiter.

„… aber ich will sie ganz bestimmt nicht im Bett haben. Es ist mehr ein allgemeines Interesse, wenn du verstehst."

„Ach, sag nur!", sagte Frenchy schnippisch. Sie schwieg einen Moment, dann sagte sie leiser: „Ja, ja – auch ich muss zugeben, dass sie äußerst attraktiv ist. Ein dunkelhaariger Sexteufel."

Plötzlich fuhr ein Ruck durch Masons Körper, so als würde er aus einer Art Trance erwachen, und er sagte: „Lass uns fahren."

„Wohin?"

„Ich dachte, du wolltest bei mir schlafen?"

„Ja, könnte ich."

„Dann steht das Ziel fest."

„Und was ist mit dem Rotwein?"

Er lächelte sie an. „Der wartet auf uns."

Frenchy lachte. „Da gibt es ja doch einen versöhnlichen Abschluss des Tages. Und ich habe im Gegensatz zu dir Glück: Ich muss morgen erst später anfangen, da kann ich ausschlafen."

„Tja", meinte Mason, „ich muss leider sehr früh raus – und das Geheimnis der Planetennadeln lüften ..."

5

Vergangenheit

Doriana erwachte, und sie wunderte sich darüber, dass sie keine Schmerzen verspürte, abgesehen von einem dumpfen Druck im Kopf, der sich allerdings ertragen ließ.

Und noch etwas fiel ihr auf. Man hatte sie gefesselt, wenn auch nur an den Händen. Doriana versuchte sich zu befreien, schaffte dies aber nicht, sosehr sie sich auch anstrengte. Sie ließ es schließlich bleiben, ergab sich zunächst in ihr Schicksal und schaute sich um. Sie hatte auf hartem Boden gelegen, als sie erwacht war, nun lehnte sie mit dem Rücken an einer kalten Steinwand.

Viel war nicht zu sehen. Sie hockte in einem großen dunklen Raum mit zwei Fenstern, deren Glas brüchig wirkte. In der Mitte des Raums befand sich ein hoher Gegenstand, der von einem grauen Tuch verdeckt war, das bis zum Boden reichte.

Doriana konnte sich keinen Reim darauf machen, aber sie wusste, dass dieser Gegenstand mit ihr zu tun hatte. Da Mother Shipton nicht mehr lebte, war sie wichtig geworden, denn sie war die Nachfolgerin der Oberhexe.

Wer hatte sie gefangen? In wessen Gewalt befand sie sich? Warum hatte man sie noch nicht getötet?

Wer immer sie auch entführt hatte, er würde sie

nicht auf ewig hier hocken lassen. Er würde kommen, und dann würden sich ihre Fragen vielleicht schneller beantworten, als ihr lieb war …

* * *

Gegenwart

Der Wecker riss Mason Flint aus dem Schlaf. Er spürte den pelzigen Geschmack auf der Zunge und im Mund, den der Rotwein hinterlassen hatte, und setzte sich im Bett auf.

Gemeinsam hatten sie noch eine Flasche Chianti geleert und waren dann todmüde ins Bett gefallen. Frenchy schlief immer noch. Sie lag in der zweiten Betthälfte auf dem Bauch und halb zur Seite gedreht. Das französische Bett bot genügend Platz für zwei Personen.

Flint stellte den Wecker rasch ab, um Frenchy nicht frühzeitig zu wecken, rieb sich die Augen, drückte sich hoch und machte sich auf den Weg ins Bad. Er ging noch ein wenig schwankend, aber in seinem Kopf begann es bereits zu arbeiten. Auch die Erinnerung an die Ereignisse der letzten Nacht kehrten zurück, vor allem die an diese Frau, die man Dorry nannte.

Während er unter der Dusche stand und die heißen Strahlen auf ihn niederprasselten, musste er ununterbrochen an sie denken. Warum war das so? Hatte sie bei ihm einen derart tiefen Eindruck hinterlassen? War ihre Begegnung vielleicht sogar Schicksal gewesen, von einer höheren Macht bestimmt, und musste er sich darauf vorbereiten, sie wiederzusehen?

Nun, wichtiger als diese Fragen waren die fünf Morde, die er aufzuklären hatte. Als er an sie dachte, rann es ihm kalt vom Nacken her über den Rücken, obwohl er unter der heißen Dusche stand, denn wieder kam ihm der Gedanke, dass es sich dabei um Ritualmorde handelte.

Mason trat aus der Duschkabine und trocknete sich ab. Bevor er sich anzog, ging er in die Küche und stellte die Kaffeemaschine an. Eine große Tasse mit der braunen Brühe – die konnte er jetzt vertragen, sie würde seine Lebensgeister wecken. Frenchy sollte ruhig weiterschlafen. Sie war in der Nacht wie eine Tote ins Bett gefallen.

Er hockte sich an den Küchentisch und trank den Kaffee in kleinen Schlucken. Von der Pizza am Abend war noch ein Rest übrig geblieben, doch nach dem kalten Teig mit dem ebenfalls kalten Belag stand ihm nicht der Sinn. Er fand im Kühlschrank noch zwei Eier, die er sich in die Pfanne schlug. Auf Toast verzichtete er.

Es war auch mal wieder an der Zeit, einzukaufen und den Kühlschrank zu füllen, fiel ihm dabei auf.

Frenchy war noch immer nicht wach geworden. Er kannte sie. Frenchy konnte bis Mittag durchschlafen und war dann immer noch müde.

Die große Tasse war noch zu einem Drittel gefüllt, als er die Melodie des Telefons hörte.

Mason ging zur Station, nahm den Apparat heraus

und drückte die Sprechtaste. Doch bevor er sich melden konnte, sagte der Anrufer bereits: „Gut, dass Sie schon auf den Beinen sind, Mason."

Die Stimme ließ in Mason alle Alarmsirenen losheulen, denn sie gehörte Martin Curtis, seines Zeichens Chief Superintendent bei der London Metropolitan Police und zugleich Masons Vorgesetzter. Ein Anruf von ihm zu dieser frühen Stunde bedeutete in der Regel Ärger.

„Ich war schon fast auf dem Weg ins Büro, Sir, und ..."

„Das können Sie erst mal vergessen", sagte Curtis unwirsch.

„Warum?"

„Man hat den sechsten Toten gefunden, Mason", antwortete der Superintendent verdrießlich. „Und das nicht mal weit vom Fundort der letzten Leiche entfernt."

„Also im Park."

„Ja, nahe Grosvenor Place."

„Wer ist es? Weiß man das schon?"

„Nein. Aber ich denke, dass Sie sich den Toten mal genauer anschauen sollten."

„War wieder eine Hutnadel im Spiel?"

„Genau das, Mason."

„Ich dachte es mir", murmelte Flint.

„Es wird Zeit, dass etwas geschieht, dass wir einen Schritt weiterkommen, Mason", sagte Curtis verärgert. „Ich gerate unter Druck, und lange können wir der Presse die Sache mit den blutleeren Leichen nicht mehr verschweigen. Ich sehe schon die Schlagzeilen: ›Scotland Yard auf Vampirjagd!‹. Verdammte Scheiße, Mason!“

„Ja, ja, ich kann Sie verstehen“, erklärte Mason. „Auch mir gefällt die Sache nicht, Sir. Ich werde mir die neue Leiche anschauen und mich dann bei Ihnen melden.“

„Wie gesagt, der Fundort liegt nicht weit vom letzten entfernt. Die Jungs von der Spurensicherung und der Leichenbeschauer sind dort noch bei der Arbeit.“

Es klickte in der Leitung. Curtis hatte den Hörer einfach aufgelegt.

Mason Flint blies die Luft aus. Er hatte nicht damit gerechnet, dass es so schnell einen weiteren Mord geben würde. Jetzt würde er sich also auch noch eine sechste Leiche anschauen müssen.

Die Jahre bei der Metropolitan Police hatten ihn hart werden lassen. Dennoch hatte auch ein Mann wie Mason Flint Gefühle. Er freute sich keinesfalls darauf, sich wieder mal eine Leiche anschauen zu müssen.

Bevor er die Wohnung verließ, warf er einen letzten Blick ins Schlafzimmer. Frenchy lag noch immer in derselben Haltung wie zuvor im Bett und schlief. Ihr Atmen war in ein leises Schnarchen übergegangen.

Mason wusste, wann sie aufstehen musste, um pünktlich in die Agentur zu gelangen. Sie hatte es ihm gestern gesagt und ihn gebeten, den Wecker entsprechend zu stellen, bevor er das Haus verließ.

Er tat es. Dann ging er aus dem Schlafzimmer und schloss leise die Tür. Es war, als hätte er auch geistig eine Tür geschlossen, denn das Bild der schlafenden Frenchy verschwand nicht nur vor seinen Augen, es wurde durch das einer anderen Frau ersetzt.

Das einer schwarzhaarigen Frau, die auf den Namen Dorry hörte …

Es war wie am Tag zuvor. Auch diesmal wurde Mason Flint von seinem Kollegen Horseman begrüßt, und dessen Laune war wieder im Keller. Er machte ein Gesicht, als hätte er alles wegschmeißen wollen – seinen Job und auch sich selbst.

„Der sechste Tote“, sagte er nur.

Harry nickte. „Ich weiß.“

„Wissen Sie auch, mit wie vielen wir noch rechnen können?“

„Bin ich Hellseher?“

„Ich wollte, Sie wären es.“

Mason schnaubte und murrte: „Ja, ich auch …“ Er sah sich an, wie weit die Spurensicherung mit ihrer Arbeit war, und hörte Horseman sagen: „Die Leiche hat wieder eine Hutnadel in der Brust.“

„Und?“

„Versilbert und wieder mit einem Zeichen.“

„Welches ist es diesmal?“

„Merkur, Flint“, antwortete Horseman mürrisch. „Ich hab mich schlau gemacht. Es ist das Symbol für diesen Planeten.“ Er griff in die Tasche und holte einen durchsichtigen Beutel hervor, in dem die Nadel steckte. „Hier, sehen Sie!“

Mason Flint schaute sich die Hutnadel genau an. Ja, sie glich den anderen bis aufs Haar – oder besser gesagt: bis aufs Planetenzeichen. Auf dem Nadelkopf war ein Kreis zu sehen, darunter ein winziges Kreuz, und auf dem oberen Kreis lag eine gekippte Halbkugel. Auch diese Hutnadel war versilbert, und Silber tötet Vampire, so hieß es in der Überlieferung.

„Wollen Sie die Nadel wieder mitnehmen?", fragte Horseman.

„Nein, eine reicht mir."

„Und?" Horseman grinste schief. „Sind Sie dabei weitergekommen?"

„Ein wenig."

Die Augen des Kollegen weiteten sich. „Wie wenig? Soll das heißen, Sie haben eine Spur?"

„Ich habe einige Nachforschungen angestellt und weiß jetzt, dass wir es mit sehr alten Hutnadeln zu tun haben. Sie stammen noch aus dem Zeitalter der Queen Victoria. Aber ob das eine Spur ist, weiß ich noch nicht." Mason nickte dem Kollegen zu. „Und jetzt möchte ich mir den Toten gern etwas genauer anschauen, wenn Sie erlauben."

„Tun Sie das."

Die Leiche war noch nicht abgedeckt. Mit zügigen Schritten ging Mason Flint auf sie zu – und blieb wie vom Blitz getroffen stehen.

Der Tote war kein Unbekannter für ihn.

Es war der Macho aus der Disco, der Frenchy angebaggert und auf den Namen Chuck gehört hatte.

Flint spürte, wie ihm das Blut in den Kopf stieg. Zugleich wurde ihm kalt, und diese Kälte fraß sich auf seinem Rücken fest.

Horseman, der neben ihm stand, bemerkte etwas von seinem Zustand und fragte: „Ist was mit dem Mann?"

„Ja, schon."

„Jetzt sagen Sie aber nicht, dass er tot ist. Das haben wir nämlich schon rausgefunden."

Mason konnte über den Spruch nicht lachen. Er schloss für einen Moment die Augen. „Ich kenne ihn vom Sehen."

Horseman lachte kurz und trocken auf. „Das ist doch schon mal was."

„Das weiß ich nicht." Mason schüttelte den Kopf. „Ich kann Ihnen nur sagen, dass ich ihn am gestrigen Abend in einer Disco namens Nightwatch gesehen habe. Er fiel mir durch sein Gehabe auf."

„Ach, da verbringen Sie Ihre Abende also!"

„Auch ein Bulle hat ein Privatleben", gab Mason mürrisch zurück.

Horseman zuckte nur mit den Schultern. „Nun, so haben wir immerhin einen Namen. Ich denke, damit kann man was anfangen."

„Nicht man, sondern ich", verbesserte ihn Mason. „Vergessen Sie nicht, dass mir der Fall übertragen wurde."

„Ja, ja, schon klar. Sie müssen keine Angst haben, dass ich Ihnen ins Handwerk pfusche. Ich bin froh, dass ich mit diesem Fall nur wenig zu tun habe, auch wenn das die Drecksarbeit ist."

„Lassen wir das!", sagte Mason kurz und verkniff die Lippen.

Horseman schwieg einen Moment. Dann fragte er: „Und jetzt?"

Mason hatte den Blick auf die Leiche gerichtet gehabt, jetzt hob er den Kopf und schaute wieder Horseman an. „Hat man bei ihm irgendwelche Papiere gefunden, die auf seine Identität hinweisen?"

„Nein, leider nicht. Auch keine Brieftasche oder Führerschein. Gar nichts. Kann sein, dass man ihm das alles abgenommen hat, um uns die Arbeit zu erschweren."

„Ja, das ist möglich."

„Nun ja, ist ja *Ihr* Fall", sagte Horseman, „also erschwert der Mörder nicht *uns* die Arbeit, sondern *Ihnen.*" Horseman grinste so breit, dass Mason ihn am liebsten ins Gesicht geschlagen hätte. „Sie wollten es ja nicht anders, Mason. Jetzt müssen Sie da auch durch ..."

Flint hörte schon gar nicht mehr hin. Er hatte sich bereits umgedreht und ging zurück zu seinem Wagen. Gedanken schwirrten ihm durch den Kopf wie in einem wilden Wirbel. Doch sein Gefühl sagte ihm, dass dieser Chuck eine Spur war, der er nachgehen musste. So ein Typ musste in der Disco bekannt sein.

Er hatte seinen dunkelgrünen Jaguar nicht weit entfernt abgestellt, und er hatte gerade die Tür aufgeschlossen, um einzusteigen, da meldete sich sein Handy.

Er holte den kleinen Quälgeist aus der Tasche, drückte die Rufannahme und meldete sich mit einem mürrischen „Ja?".

„Hallo, Mason?"

„Ach, du bist es, Frenchy", sagte er erleichtert, denn er hatte mit einem Anruf seines Vorgesetzten gerechnet.

„Wer sonst?"

„Nun ja, ich habe noch einen Job."

„Wo steckst du denn?"

„In Gottes schöner freier Natur", sagte er heiter, dann wurde er ernst und brummte: „Man hat eine sechste Leiche gefunden. Der Mann wurde auf die gleiche Art und Weise ermordet wie seine Vorgänger. Die Nadel zeigt diesmal das Planetenzeichen des Merkurs."

„Oh Scheiße ..."

„Du sagst es."

„Und jetzt?"

Flint überlegte, ob er Frenchy hinsichtlich der Identität des Toten einweihen sollte. Er entschied sich dagegen und fragte stattdessen: „Weshalb rufst du an?"

„Ich wollte dir nur sagen, dass ich heute nicht zur Agentur gehe."

„Warum nicht?"

„Mir ist nicht gut. Ich fühle mich kaputt und wollte in deiner Wohnung bleiben."

„Wenn du willst."

„Das wäre super."

„Aber ruf mich nicht an und frag, wann ich nach Hause komme. Ich kann es dir nicht sagen. Ich hab das Gefühl, als stehe der Fall vor einer entscheidenden Wende, und da muss ich am Ball bleiben."

„Das ist doch klar."

„Okay, dann leg dich wieder hin und versuch, dich gesund zu schlafen. Wir sehen uns."

„Ja. Und … Mason?"

„Ja?"

„Viel Glück."

Es klickte in der Verbindung, als Frenchy auflegte. Flint steckte das Handy wieder ein. Ein tiefer Atemzug, dann hatte er Frenchy vorerst aus seinen Gedanken verbannt und war wieder beim Fall. Er musste mehr über diesen Chuck herausfinden. Er ging davon aus, dass man den Burschen im NIGHTWATCH gut gekannt hatte, und vor allem die Türsteher mussten ihn kennen, denn sie entschieden, wer reindurfte und wer nicht.

Mason setzte sich in den Jaguar, an dessen offener Fahrertür er noch immer gestanden hatte, erst dann holte er das Handy wieder hervor.

Diesmal rief er die Abteilung für besondere Recherchen an. Die Jungs sollten herausfinden, wem das NIGHTWATCH gehörte; der Besitzer würde ja wohl die Namen seiner Angestellten kennen …

Die Kollegen lieferten in Rekordzeit Ergebnisse, und Mason bekam von ihnen die Namen aller Angestellten des NIGHTWATCH. Einer der Türsteher hieß Mario Diaz und lebte im Osten Londons im Stadtteil Bow, südlich des Victoria Parks, einer grünen Lunge in dieser Gegend, die als Vergnügungsareal benutzt wurde. Es gab Spielplätze, mehrere Tennisanlagen, kleinere Seen, einen großen Brunnen und den Victoria Park Lido, einen künstlichen Strand, der um ein Schwimmbad herum angelegt worden war.

Dort hatte Mason schon mal dienstlich zu tun gehabt. Eine Drogenbande hatte dort ihre Geschäfte durchgezogen, und das inmitten harmloser erholungssuchender Menschen.

In den Park musste er nicht. Das Haus, in dem Diaz wohnte, lag in einer schmalen Straße, die allerdings nicht geradeaus führte, sondern einen Halbkreis beschrieb, und in dessen Mitte stand das Mietshaus, neben einem Bau mit Glasfassade, in dem sich einige Firmen eingemietet hatten, unter anderem zwei PR-Agenturen.

Das Haus, das Mason interessierte, hatte eine frisch gestrichene Fassade aus blauen und grauen Tönen. Die Außenrahmen der Fenster waren in Weiß gehalten, und das Dach stand zur Straße hin leicht vor, knapp oberhalb der vierten Etage, in die Mason hochmusste. Das erkannte er anhand der Reihenfolge auf den Klingelschildern. Der Name »Diaz« stand weit oben.

Er klingelte.

Mason Flint ging davon aus, dass es dauern würde, bis man ihm öffnete. Falls dies überhaupt geschah. Als Türsteher arbeitete man bis in die Morgenstunden, und da war den Tag über Schlafen angesagt. Er hätte zuvor auch anrufen können, doch von dieser Idee hatte er Abstand genommen. Er kannte Diaz nicht, aber vielleicht war der Mann nicht eben erpicht darauf, Besuch von der Polizei zu erhalten. Und er wollte Diaz keine Zeit geben, sich mit irgendwelchen Leuten abzusprechen, denn in seiner Branche – das wusste Mason Flint – ging nicht immer alles mit rechten Dingen zu.

Sicherheitshalber drückte er ein weiteres Mal den Klingelknopf und wartete, dass man ihm öffnete.

Auf einmal ertönte aus der Sprechanlage eine Stimme, rau und verschlafen. Zudem war ein verärgerter Unterton nicht zu überhören. „Verflucht, was soll das um diese Zeit?"

„Mr. Diaz?"

„Nein, hier spricht seine Nanny."

„Mein Name ist Mason Flint. Ich ..."

„Na und?", bellte der Typ.

„Metropolitan Police. Bitte öffnen Sie. Ich muss mit Ihnen reden."

Stille. Dann ein tiefer Atemzug. „Was ... was wollen Sie von mir? Ich habe keinen Ärger mit euch. Die letzte Sache liegt schon zwei Jahre zurück."

„Es geht nicht um Sie."

„Was wollen Sie dann?"

„Öffnen Sie. Sonst muss ich zu anderen Mitteln greifen. Ob die Ihnen aber gefallen werden, da bin ich skeptisch."

Die Drohung wirkte. „Okay, warten Sie."

Es dauerte noch gut eine Minute, bis ein Summen erklang und Flint die Tür aufdrücken konnte. Er betrat einen düsteren Flur, der nicht eben einladend wirkte. Einen Lift gab es nicht, und so musste Mason die Treppen hochlaufen. Auf jeder Etage gab es zwei Wohnungen, und als Mason die vierte erreichte, stand Diaz vor seiner Wohnungstür.

Mason erkannte den Türsteher sofort, obwohl dieser nicht mehr so geschniegelt aussah. Außerdem wirkte er müde. Seine Gesichtshaut sah grau aus. Im krassen Gegensatz dazu stand der Bademantel mit den roten, grünen und gelben Querstreifen.

„Und was wollen Sie?“, murrte er.

Mason blieb vor ihm stehen. „Mit Ihnen über einen Gast sprechen.“

„Ich spreche nicht über Gäste.“

Mason schaute den Mann mit den breiten Schultern vom Kopf bis zu den Füßen an. Dessen Gesichtsausdruck zeigte mürrische Abwehr. „In diesem Fall wäre es besser“, sagte Flint. „Sie würden wirklich manchem Problem aus dem Weg gehen.“

„Ach ja?“

„Der Mann ist tot – und jetzt möchte ich nicht mehr hier vor der Tür mit Ihnen stehen.“

Diaz straffte seine Haltung. Dann sagte er: „Schon gut. Kommen Sie rein. Ich bin auf Besuch am frühen Tag nicht eingerichtet, deshalb …“

„Das ist mir egal. Ich will hier keine Wohnungsbesichtigung veranstalten, sondern nur mit Ihnen reden.“

„Tun Sie das.“ Diaz führte ihn in den Wohnraum, der zugleich als Schlafzimmer diente. Die Couch war aufgeklappt und bezogen. Er nahm eine Hose und ein Hemd von einem Sessel, damit sich Mason setzen konnte. Er selbst nahm in dem zweiten Sessel Platz. Auf dem Tisch zwischen den beiden Männern standen einige leere Wasserflaschen, aber auch eine Flasche Gin. Die Bude war nicht aufgeräumt, und es hätte dringend mal gelüftet werden müssen.

„Und jetzt?“, fragte Diaz.

Mason griff in die Innentasche seines Jacketts und zog ein Foto hervor, das den Ermordeten zeigte, noch am Fundort der Leiche aufgenommen. Er schob es über den nicht eben sauberen Tisch auf Diaz zu.

Der zuckte leicht zusammen und versuchte zu lächeln, was ihm jedoch kläglich misslang. „Was soll ich damit?“

„Ich möchte wissen, ob Sie diesen Mann kennen.“

„Weiß ich nicht.“

„Er war Stammgast im Nightwatch.“

„Kann sein.“

„Also?“

Diaz schaute für einen Moment an seinem Besucher vorbei. Dann kratzte er sich am Kinn, auf dem ein dunkler Bartschatten lag. „Wurde er … äh, gekillt? Umgebracht?“

„Sonst säße ich nicht hier. Und jetzt sagen Sie mir, was Sie über ihn wissen.“

„Wirklich nicht viel. Ich habe so gut wie nie mit ihm gesprochen.“

„Aber Sie kennen doch sicherlich seinen Namen?“

„Alle nannten ihn Chuck.“ Diaz winkte ab. „Okay, er war der große Aufreißer. Der hat die Tussen reihenweise abgeschleppt. Na ja, das war ja nicht meine Angelegenheit.“

„Und mehr ist Ihnen über diesen Chuck nicht bekannt?“

„Eigentlich nicht.“

„Was heißt das?“

Auf einmal schnippte Diaz mit den Fingern. „Da fällt mir doch was ein, das könnte Sie interessieren.“

„Ich bin ganz Ohr.“

Der Türsteher verengte die Augen, dann sprach er mit leiser Stimme. „Da ist diese Frau. Sie wird stets von einem burgunderroten Bentley gebracht. Dorry heißt sie. Oder nennt sich so. Ein heißer Feger, kann ich Ihnen sagen. Ein Weib, das keinen kaltlässt.“

Mason war sofort hellhörig geworden. „Wollen Sie damit behaupten, dass auch dieser Chuck etwas mit ihr zu schaffen hat?“

„Das will ich. Er hat sie angemacht, gestern Abend. Und er hat dabei sogar Erfolg gehabt. Er ist einige Male mit ihr verschwunden. Das hätten sich auch viele andere Gäste gewünscht. Aber sie hatte es gestern gerade auf Chuck abgesehen.“

„Weiter, Mr. Diaz“, forderte Mason.

„Sorry. Mehr kann ich Ihnen nicht sagen. Dorry und er stiegen in diesen Bentley und fuhren gemeinsam davon. Mehr kann ich Ihnen nicht sagen.“

„Das war bisher nicht schlecht“, lobte Mason. „Jetzt würde ich noch gern erfahren, was Sie über diese Dorry wissen.“

„Nichts.“

„Immerhin wissen Sie, dass sie sich Dorry nennt.“

„Ja, das weiß ich."

„Und sonst?"

„Keine Ahnung. Ich kenne keinen Nachnamen. Ach ja, dieser Bentley – das ist eine Diplomatenkarre. Die Frau muss irgendwas mit der US-Botschaft zu schaffen haben, aber fragen Sie mich nicht, was genau sie dort tut. Sie ist … nun ja, recht geheimnisvoll. Jeder ist heiß auf sie, wenn er nicht gerade schwul ist. Aber sie ist unnahbar und kalt, obwohl sie bestimmt im Innern glüht und brodelt wie ein Vulkan. Was sie gerade an Chuck gefunden hat, weiß ich nicht. Jedenfalls hat sie ihn abgeschleppt."

„Und jetzt ist er tot!", erklärte Mason.

Der Türsteher atmete tief aus. „Moment mal", flüsterte er. „Wollen Sie damit sagen, dass diese Dorry ihn ermordet hat?"

„Das will ich nicht. Wir verfolgen nur alle Spuren. Okay, ich bedanke mich für Ihre Auskünfte. Sollte Ihnen noch etwas einfallen, sollten Sie mich anrufen. Ich werde Ihnen meine Karte …"

„Die brauche ich nicht." Diaz stand auf. „Ich habe Ihnen alles gesagt, was ich weiß."

„Dennoch." Mason Flint legte seine Karte auf den Tisch und erhob sich ebenfalls. „Den Weg raus finde ich allein."

Im Treppenhaus dachte er über die Unterhaltung nach. Er war einen kleinen Schritt weitergekommen. Seinem Gefühl nach spielte diese Dorry bei dem Fall eine wichtige Rolle. Sie suchte sich offenbar in den Nächten die Männer aus, um sie dann regelrecht zu verschlingen. Aber tötete sie die Typen auch? War sie die Mörderin mit den Hutnadeln? Oder diejenige, die Menschen in die Kehle biss?

Mason Flint wusste es nicht. Doch er schwor sich, dies so schnell wie möglich herauszufinden …

Nach Mason Flints Meinung zog der Fall mittlerweile Kreise, die eine gewisse Rückendeckung erforderlich machten, und die konnte ihm nur sein Chef, Chief Superintendent Martin Curtis, geben.

Flint wusste, dass sein Vorgesetzter ebenso wie er wollte, dass dieser verdammte Fall endlich gelöst wurde, und im Zweifelsfall auch über seinen eigenen Schatten springen würde, wenn es sein musste. Flint meldete seinen Besuch vorher bei Curtis an, denn einfach in dessen Büro zu stürmen, brachte nur wenig, weil der Chief Superintendent ständig beschäftigt war und nur sehr selten Zeit hatte.

„Gut, kommen Sie“, sagte er jedoch, nachdem seine Sekretärin Mason an ihn weiterverbunden hatte. „Aber beeilen Sie sich. In zehn Minuten muss ich zur nächsten Konferenz!“

„Bin schon unterwegs“, versprach Mason.

Das Jagdfieber war in ihm erwacht. Obwohl er noch keine genauen Erkenntnisse hatte, passte seiner Meinung nach diese geheimnisvolle Frau namens Dorry perfekt ins Bild. Er hatte sie nur einmal gesehen, und das auch nur auf eine gewisse Distanz, doch er war überzeugt, dass sie eine ganz besondere Frau war. Es gab diese Menschen, die waren von einer Aura umgeben, bei der sich anderen die Nackenhaare sträubten. Und das war auch bei Dorry der Fall. Das hatte nichts mit dem verruchten Sex zu tun, den sie verströmte, da kam noch einiges mehr hinzu. Etwas Geheimnisvolles und Rätselhaftes, das nur schwer mit Worten zu fassen war.

Mason Flint nahm sich vor, so nahe wie möglich an diese Dorry heranzukommen.

Dorry ...

Er dachte auch über den Namen nach, der sicherlich eine Abkürzung war. Oder nur ein Spitzname, speziell für die Auftritte im NIGHTWATCH, wo sie offenbar wie eine Königin hofiert wurde.

Curtis' Sekretärin winkte ihn durch, und nachdem er kurz angeklopft und ein lautes „Come in!“ gehört hatte, betrat er das Büro seines Vorgesetzten, der sich hinter seinem Schreibtisch zur Seite gedreht hatte, um auf den Bildschirm seines PCs zu schauen.

„Da sind Sie ja schon“, sagte Curtis und forderte Mason mit einer Handbewegung auf, sich hinzusetzen. Der nahm direkt vor dem Schreibtisch Platz, und da sein Chef von dem Computerplatz abrückte, konnte ihn Mason auch direkt anschauen.

Curtis war ein Mann um die fünfzig. Ein gradliniger Typ, der sich vom kleinen Beamten hochgearbeitet hatte. Die grauen Augen glänzten beinahe schon gierig, als er fragte: „Und jetzt bringen Sie mir die tollen Neuigkeiten, die uns beide in den Olymp katapultieren, ja?“

„So hoch noch nicht."

„Oh, ich dachte ..."

Mason Flint fing an zu erzählen, fasste noch mal alles zusammen, was sein Vorgesetzter schon wusste, und rückte dann mit den neuesten Entwicklungen heraus.

Martin Curtis strich sich über das dunkle Haar, das eigentlich schon hätte grau sein müssen, doch er ließ es immer wieder nachfärben. Nur einige graue Strähnen wollten einfach nicht weichen. Die schmalen Lippen verzogen sich zu einem unechten Lächeln, als er den Namen, den Flint gerade genannt hatte, wiederholte: „Dorry?"

„Richtig, Sir."

Curtis ließ ein Grunzen hören. „Welch ein Name. Hört sich an wie der eines Go-go-Girls, das an der Stange tanzt."

„Getanzt hat sie wohl. Nur nicht an der Metallstange", sagte Mason Flint. „Und ich glaube auch nicht, dass sich eine angestellte Discotänzerin mit einem Bentley zur Arbeit bringen lässt. Ein Fahrzeug, das zudem noch mit einem US-amerikanischen Diplomatenkennzeichen ausgestattet ist. Ich denke, das sind einige Ungereimtheiten zu viel, Martin."

„Ja, das ist ungewöhnlich." Curtis schüttelte unwillig den Kopf. „Die Nadeln, die Bissmale, die blutleeren Leichen ... und jetzt diese Dorry mit dem Bentley ..." Curtis griff zu einer kleinen Tüte und holte mit zwei Fingern ein helles Pfefferminzbonbon hervor, das wenig später zwischen seinen Lippen verschwand.

Mason Flint kannte das Ritual. Er wusste, dass sein Chef erst mal nachdenken und in Ruhe gelassen werden wollte. Ungefähr eine Minute später ergriff er wieder das Wort.

„Ich hasse es, wenn ausländische Diplomaten oder diplomatische Kreise in einen Fall verwickelt sind. Aber das ist nun nicht zu ändern, und bei sechs Leichen ist mir keine Hürde zu hoch. Schon gar nicht, wenn die Menschen auf eine Art und Weise ums Leben gekommen sind wie in einem Horrorfilm."

„Sie sagen es, Martin."

Curtis nickte grimmig, griff zum Telefon und ließ sich mit der US-amerikanischen Botschaft verbinden. Wenige Minuten später hatte er einen Botschaftsangehörigen an der Strippe. Curtis nannte seinen Namen und erklärte, dass er für Scotland Yard arbeitete. Dann bat er darum, den Botschafter persönlich sprechen zu dürfen.

Der war angeblich nicht im Hause, sein Stellvertreter ebenfalls nicht, aber Curtis bekam einen Attaché zu sprechen. Den fragte Curtis nach dem burgunderroten Bentley mit dem Diplomatenkennzeichen.

Da Curtis den Lautsprecher eingeschaltet hatte, hörte Mason den Mann von der Botschaft antworten: „Nein, Mr. Curtis, wie kommen Sie darauf, dass wir einen Bentley als Dienstwagen unterhalten?"

Curtis sah Mason erstaunt an, fragte aber in den Hörer: „Entspricht das etwa nicht den Tatsachen?"

„Es gibt hier keine Bentley", bekam er zur Antwort,

„und auch keinen anderen Wagen, der eine solche Farbe hätte.“

„Hmm ...“, machte Curtis. „Dann ... tja, dann hat sich mein Mitarbeiter wohl geirrt.“

„Wie heißt dieser Mitarbeiter, wenn ich fragen darf?“

„Police Inspector Mason Flint.“

„Sagen Sie ihm, er soll zum Augenarzt gehen, bevor er sich irgendwelche Kennzeichen merkt, die es nicht gibt.“

„Danke für den Rat, Mister“, sagte Mason.

Curtis hielt schnell die Sprechmuschel mit der Handfläche zu, dann fragte er den Botschaftsmann: „Und eine Frau mit dem Vor- oder Spitznamen Dorry gibt es bei Ihnen auch nicht?“

„Nein. Sonst noch was?“

„Das war's. Ich danke Ihnen für die Auskünfte, Sir. Und einen schönen Tag noch.“

„Ebenfalls.“

Martin Curtis legte auf, und er und Mason schauten sich an. Schweigend. Eine ganze Weile lang.

Bis Martin Curtis schließlich wieder das Wort ergriff. „Jetzt würde ich gern Ihre Meinung hören, Mason.“

„Die andere Seite mauert.“

„Da sind Sie sicher?“

„Ja.“

„Und der Grund?“

Mason zog die Lippen in die Breite. „Den, Martin, werde ich herausfinden. Es ist mir egal, was dieser Botschaftstyp gesagt hat. Ich bleibe dran. Sechs Tote reichen.“

„Ja, mir auch, Mason.“

Mason Flint war merkwürdig aufgedreht, als er Curtis' Büro verließ. Dieser arrogante Botschaftstyp hatte ihn in Fahrt gebracht. Außerdem war Mason der Ansicht, dass jemand, der so reagierte wie dieser Mann, in Wirklichkeit etwas zu verbergen hatte. Zumal er nicht glauben wollte, dass man in der Botschaft nichts von einem Bentley wusste, und auch diese geheimnisvolle Dorry war dort sicherlich nicht unbekannt.

In der Disco NIGHTWATCH zählte sie jedenfalls zu den Stammgästen und war dort jeden Abend anzutreffen.

Jeden Abend?

Er stolperte über diesen Gedanken. Wenn das wirklich stimmte, sollte er den Schuppen noch einmal aufsuchen. Wenn er allerdings allein im NIGHTWATCH aufkreuzte, lief er Gefahr, sich damit verdächtig zu machen. Es gab Typen, die rochen einen Polizisten auf mehrere Meilen Entfernung. Wenn er jedoch in weiblicher Begleitung erschien, sah das anders aus, und Frenchy würde sicherlich begeistert sein.

Er rief sie nicht übers Handy an, sondern wollte sie überraschen. Dass sie zwei Abende hintereinander ausgingen, kam bei ihnen auch nicht oft vor.

Es ging bereits auf den frühen Abend zu, als er bei sich zu Hause eintraf. Er wunderte sich darüber, wie ruhig es in der Wohnung war. Wenn Frenchy allein war, hörte sie für gewöhnlich Musik, aber alles war mucksmäuschenstill. Oder war sie zu ihrer eigenen Wohnung gefahren?

Nein, das war sie nicht. Sie saß auf der Couch und nuckelte an einem Tee. So wie sie dort hockte, sah sie im ersten Moment aus wie ein kleines Mädchen, dem man das Spielzeug weggenommen hatte. Als sie aufblickte und Mason anschaute, erschien ein gequältes Lächeln in ihrem Gesicht, und das „Hi, da bist du ja“ klang gar nicht begeistert.

Mason musterte sie sorgenvoll. „He, was hast du? Was ist mit dir?“

„Ich weiß nicht.“ Sie deutete auf den Tee. „Ich fühle mich nicht wohl. Das ist schon die zweite Tasse.“

„Wirst du krank?“

„Glaub ich nicht. Mir ist nur irgendwie komisch.“ Sie schüttelte den Kopf, und ihr gelang ein zaghaftes Lächeln. „Kann sein, dass ich alt werde. Ich hab die letzte Nacht wohl nicht so gut vertragen.“ Sie hob die Schultern. „Egal.“

„Das ist schade. Ich wollte noch mal mit dir weg.“

„Ach. Wohin?“

„Ins Nightwatch.“

Frenchy schaute ihn verwundert an. „Habe ich mich verhört, oder meinst du das wirklich?“

„Ja, ich meine es so.“

Sie runzelte unwillig die Stirn. „Da muss ich passen. Aber wie ich dich kenne, willst du nicht ohne Grund dorthin.“

„Das sicherlich nicht.“

„Und hat der Grund einen Namen?“

Mason nickte. „Hat er: Dorry.“

„Ah, die geheimnisvolle Schöne."

„Sehr richtig."

Frenchy schaltete schnell. „Dann ist sie in deinen neuen Fall verstrickt, denke ich."

„Sicher bin ich nicht. Es könnte sein, und ich muss jeder Spur nachgehen."

„Haben sich neue Perspektiven ergeben?"

„So ungefähr. Bevor du mich weiter danach fragst – ich kann dir nicht mehr sagen. Aber die Disco ist so etwas wie ein Fixpunkt. Ich will mich dort noch mal umschauen."

„Ist in Ordnung", murmelte Frenchy. „Aber du bist nicht zu sauer, wenn ich nicht mitgehe?"

„Nein, wie sollte ich!"

Sie griff nach ihrer Tasse und nahm einen Schluck. „Dann wünsche ich dir viel Spaß."

„Danke." Mason schaute seine Freundin bekümmert an. Er wusste selbst nicht, warum. Er hatte einfach das Bedürfnis, es zu tun, um sich ihr Bild einzuprägen.

„Habe ich was an mir, Mason?"

„Nein, nein, schon gut. Du bist selbst dann hübsch, wenn du dich nicht wohlfühlst."

„Du Schleimer", erwiderte sie und lachte.

6

Die Luft roch muffig und abgestanden, und in dem Raum war es düster. Außerdem war er ausschließlich für eine Person bestimmt: für Doriana Gray.

Nackt lag sie auf ihrem Lager.

Hin und wieder bewegte sie sich in der Dunkelheit. Dabei drang jedes Mal ein leises lustvolles Stöhnen über ihre Lippen. Ab und an griff sie auch neben sich zu einem kleinen Gefäß, das mit einer etwas zähen roten Flüssigkeit gefüllt war. Es war Blut, und nach jedem Schluck stöhnte sie erneut leise auf, ein Zeichen, wie gut ihr der menschliche Lebenssaft mundete.

Sie vergeudete keinen Tropfen. Wenn doch mal etwas von dem Blut an ihrem Kinn entlangrann, wischte sie es mit einem Finger auf, um ihn anschließend abzulecken, was dann erneut ein lustvolles Stöhnen hervorrief.

Doriana Gray hätte eigentlich zufrieden sein müssen. Sie war es jedoch nicht. Das Blut mundete ihr zwar, aber nicht ihre Umgebung. Es lag nicht an der Dunkelheit, sondern vielmehr an der räumlichen Enge. Sie liebte ihre Freiheit. Sie wollte sich bewegen können.

Und sie liebte es, unter Menschen zu sein. Diese Stunden genoss sie wie in einem Rausch. Sich unter den Lebenden tummeln und dabei ganz gezielt die lohnenswerten Opfer aussuchen. Nahrung, wohin sie schaute. Blut, das durch Adern und Arterien floss. Hälse, die regelrecht dazu einluden, dass man in sie hineinbiss.

Doriana Gray war nur zur Hälfte Mensch. Die andere Hälfte gehörte einer nahezu legendären Art und Rasse an, nämlich der der Vampire.

Sie nahm den letzten Schluck aus dem Gefäß. Langsam rannen die letzten Tropfen ihrem offenen Mund entgegen und glitten über ihre Lippen. Sie schleckte sie mit der Zunge auf, und wenig später stöhnte sie erneut wohlig auf.

Das leere Gefäß ließ sie zu Boden fallen. Es bestand aus Plastik und zerbrach nicht. Ein paar Spritzer klebten noch an ihrem Kinn. Sie wischte sie mit dem Finger weg, leckte die Finger ab und rekelte sich im Liegen.

Doriana fühlte sich gut, denn sie war satt. Aber sie war trotzdem nicht glücklich. Um dies zu sein, musste sich noch etwas verändern, und dabei dachte sie an ihre Umgebung.

Weg aus diesem engen Raum.

Raus ins Freie.

Die Menschen sehen, sie spüren, anfassen, sie streicheln, küssen – und dann zubeißen. Ihnen die Blutzähne in den Hals rammen, um die Schlagader aufzureißen. Dann sprudelte das Blut nur so aus der Wunde, und sie musste nur den Mund öffnen, damit der kostbare Lebenssaft in ihre Kehle floss.

Sie war schon wieder geistig in ihre Träumereien abgerutscht, doch diese Träume sollten wahr werden, und zwar in der folgenden Nacht. Doriana sehnte den Sonnenuntergang herbei, denn in der Nacht fühlte sie sich wohl und den Menschen überlegen. Das Licht des Tages hingegen empfand sie als Übel. Es zerstörte sie zwar nicht, aber es machte ihre vampirische Hälfte schlapp, raubte ihr die Kraft. Wäre es nach ihr gegangen, hätte es keine Sonne mehr gegeben, sondern ein düsterer Vampirmond hätte vierundzwanzig Stunden am Tag am Himmel gestanden.

Noch musste sie warten. Sie schloss die Augen und träumte von dem, was in der Nacht passieren sollte. Einfach hineintauchen in die Dunkelheit und in das menschliche Vergnügen einer grellen Discowelt, die vom normalen Tagesablauf eines Menschen weit entfernt war.

Auch diese Welt war nicht dunkel. Aber sie war erfüllt von einem anderen Licht als dem der Sonne. Von einem künstlichen. Grelle Farben, bunte Laserstrahlen, stroboskopartige Blitze, die immer wieder nur für Augenblicke die Gesichter der Tanzenden aus dem Dunkel rissen. Manche wirkten entrückt, andere wiederum verzerrt, mit wilden Blicken in den Augen.

Diese Welt der Menschen gefiel ihr. Dort konnte sie untertauchen, obwohl sie jedermann auffiel. Dort konnte sie sich fallen lassen, ohne entdeckt zu werden.

Und sie konnte sich dort ihre Beute suchen.

Beute …

Es war ihr egal, ob es sich dabei um einen Mann handelte oder um eine Frau. Mit beiden konnte sie ihre Spiele treiben. Zuerst der Sex, dann der Blutkuss.

Doriana lachte auf, als sie daran dachte. In der letzten Zeit hatte sie sich nur Männer geschnappt, aber das konnte sich sehr schnell ändern, denn auch junge hübsche Frauen gefielen ihr. An deren Stöhnen, durchsetzt von lustvollen spitzen Schreien, ergötzte sie sich sogar besonders.

Sie erinnerte sich an so einige junge Frauen, mit denen sie es bereits getrieben hatte, um schließlich, auf dem Höhepunkt der Lust, ihr Blut zu trinken. Und sie stellte sich gleichzeitig immer neue Sexspielchen vor, die sie gerne mit so einem weiblichen Opfer ausprobieren würde.

Im Raum war es ruhig geworden. Kein Atemzug zerstörte die Stille. Doriana konzentrierte sich ganz auf sich selbst und lächelte, als sie daran dachte, dass sie viel mehr war als nur eine Vampirin.

Aber das wusste nur sie, und so sollte es auch bleiben.

Doch nicht alles lief wirklich glatt. Ihre letzten sechs Opfer waren gefunden worden, dafür hatte ihr zweites Ich gesorgt, und das hatte natürlich die Polizei auf den Plan gebracht. Die Bullen würden alles tun, um die Morde aufzuklären und das Geheimnis der blutleeren Leichen zu lüften.

Doch Doriana würde den Spieß umdrehen. Nicht sie würde die Gejagte sein, sondern die Menschen, die versuchten, sie zu stellen. Sie würde …

Etwas schreckte sie auf.

Ruckartig setzte sie sich auf und stellte fest, dass dieses Geräusch von der Tür her erklungen war. Eine Mischung aus Klopfen und Schaben. Jemand wollte etwas von ihr, aber die Person, die vor der Tür stand, wusste genau, wann sie den Raum betreten durfte und wann nicht. Doriana hatte sich jegliche Störung verbeten. Nur in sehr dringenden Fällen war dies erlaubt.

Ihr scharfes Gehör nahm ein Geräusch wahr, das in der Nähe der Tür aufklang. Ein leises Schaben in Höhe des Fußbodens, dann war wieder Ruhe.

Doriana Gray wartete ab. Erst als gut zwei Minuten verstrichen waren, verließ sie ihr Lager. Sie ging auf die Tür zu, und schon nach dem ersten Schritt sah sie etwas Helles davorliegen.

Eine Botschaft. Jemand hatte ihr eine Mitteilung zukommen lassen. Die Neugierde peitschte in ihr hoch. Nach zwei schnellen Schritten hatte sie die Tür erreicht, bückte sich und hielt ein zusammengefaltetes Stück Papier in Händen.

Sie klappte es auseinander. Jeder normale Mensch hätte zunächst Licht machen müssen, um die Nachricht zu lesen. Doriana brauchte kein Licht, sie sah auch im Dunkeln.

Sie las die Botschaft, und sie erfuhr, dass die Polizei nicht nur bereits wegen der sechs Leichen ermittelte, wovon sie ohnehin ausgegangen war, sondern auch, wer die Ermittlungen führte: der Scotland-Yard-Inspektor Mason Flint.

Ein Foto war an das Schreiben getackert. Eine Porträtaufnahme, offenbar aus seiner Dienstakte. Es zeigte einen schnauzbärtigen Mann Mitte dreißig.

Und Doriana erkannte den Mann wieder …

Sie hatte ihn gestern Abend vor dem NIGHTWATCH gesehen!

War ihr Scotland Yard bereits so dicht auf den Fersen? Wusste Mason Flint, wer und vor allem *was* der Mörder der sechs Menschen war, deren Leichen man aufgefunden hatte?

Doriana schloss die Augen. Dabei murmelte sie den Namen des Scotland-Yard-Inspektors leise vor sich hin.

Wenig später lächelte sie sogar, denn sie hatte einen Plan gefasst.

Ihr Lakai machte wirklich gute Arbeit. Er hatte sogar die Telefonnummer von Inspektor Flint auf dem Schreiben notiert.

Doriana lächelte. Daraus ließ sich etwas machen …

7

Frenchy tat es leid, dass sie Mason Flint allein hatte losschicken müssen. Für gewöhnlich war sie die treibende Kraft, wenn es um den Discobesuch ging, doch an diesem Tag ging es ihr wirklich nicht gut. Sie hatte auch in der Firma angerufen und sich krankgemeldet, denn in diesem Zustand wäre sie ihrem stressigen Job nicht gewachsen gewesen.

Am frühen Abend fühlte sie sich zwar schon wieder besser, doch Mason war bereits fort.

Sie ärgerte sich und überlegte, ob sie ihm nicht folgen sollte. Auf der anderen Seite war es ein dienstlicher Einsatz, der auch gefährlich werden konnte. Mason hatte stets Sorge dafür getragen, dass sie nicht in seine Arbeit verwickelt wurde. Das hatte bisher auch immer gut geklappt, nur an diesem Abend wäre sie gern an seiner Seite gewesen.

Frenchy betrat das Bad. Sie wollte sich ein wenig frisch machen. Sie nahm eine Dusche und achtete darauf, dass ihre Haare nicht nass wurden. Danach zog sie ihre Klamotten wieder an, stellte sich vor den Spiegel und legte ein leichtes Make-up auf.

Noch immer beschäftigte sich Frenchy mit dem Gedanken, Mason zu folgen. Aber unter Umständen war es gar nicht gut, wenn sie überraschend in der Disco auftauchte. Es war besser, Mason vorher auf seinem Handy anzurufen.

Langsam wanderte sie zurück in den Wohnraum.

Den Blick hielt sie dabei zu Boden gerichtet und grübelte noch immer darüber nach, was sie tun sollte: Mason anrufen oder nicht?

Sie trat ans Fenster und schob den Vorhang zur Seite. Draußen pulsierte das Leben, denn London war eine Stadt, die niemals ganz zur Ruhe kam.

Bevor Frenchy sich zu einem Entschluss durchringen konnte, dudelte das Telefon. Sie befand sich in einer fremden Wohnung, deshalb überlegte sie, ob sie den Anruf entgegennehmen sollte.

Sie entschied sich dafür, denn sie und Mason hatten keine Geheimnisse voreinander. Außerdem konnte es auch Mason sein, der versuchte, sie zu erreichen.

Sie nahm den Apparat aus der Station, drückte den Knopf für die Rufannahme und sagte: „Ja, bitte?"

Schweigen.

„Wer ist dort?"

Eine Frau meldete sich. Sie hatte eine raue, leicht rauchige Stimme, die Frenchy einen leichten Schauer verursachte, und sie schloss sogar für einen Moment die Augen, als wollte sie dem Klang nachlauschen.

„Ich wollte einen gewissen Mason Flint sprechen."

„Der ist nicht da", sagte Frenchy.

„Aber ich habe die richtige Nummer gewählt, oder?"

„Haben Sie. Darf ich fragen, was Sie von Mr. Flint wollen?"

Ein leises Lachen erklang, das ebenfalls eine Gänsehaut auf Frenchys Rücken entstehen ließ. „Bitte, ich möchte ihn sprechen."

„Wie gesagt, er ist nicht da.“

„Und Sie sind?“

„Frenchy Davies.“ Eine Sekunde später ärgerte sie sich darüber, ihren Namen preisgegeben zu haben.

„Sind Sie seine Freundin?“

„Kann man sagen.“

„Und wo ist Mr. Flint?“

„Ich sagte es schon zweimal: Er ist nicht da.“

Pause. Danach ein Seufzen. Und dann: „Das ist mehr als schade.“

„Darf ich fragen, was Sie von ihm wollen?“

„Mit ihm reden.“

„Und worüber?“

„Das ist eine rein dienstliche Angelegenheit. Können Sie mir denn sagen, Frenchy, wann er zurückkommt?“

„Nein, das weiß ich nicht.“

„Und Sie wissen auch nicht, wo ich ihn finden kann?“

Frenchy atmete tief durch. Ihr gefiel der Verlauf des Gesprächs nicht. Sie dachte gar nicht daran, der Fremden irgendwelche Informationen über ihren Freund zu geben, und allmählich wurde sie auch ärgerlich.

„He, sind Sie noch dran?“, fragte die Anruferin.

„Ja, das bin ich. Aber ich will zunächst mal wissen, wer Sie sind und was Sie von Mason wollen.“

„Ach ja, sorry, ich habe mich noch gar nicht vorgestellt. Mein Name ist Doriana Gray.“

Frenchy überlegte. Den Namen hatte sie noch nie zuvor gehört, auch wenn er ihr irgendwie vertraut vorkam und irgendetwas in ihr zum Klingen brachte.

Diese Frau tat, als wäre ihr Mason bekannt, und darum stieg eine leichte Eifersucht in Frenchy hoch. „Sie können es morgen noch mal versuchen und …"

Doriana ließ sie nicht aussprechen, sondern sagte etwas, was Frenchy aufhorchen ließ: „Man nennt mich auch Dorry."

Frenchy sagte zunächst nichts. Aber sie merkte, dass ihre Knie weich wurden, und darum setzte sie sich hin.

„Dorry?", wiederholte sie dann.

„Ja. Sagt Ihnen das was?"

„Ich glaube schon."

„Da bin ich gespannt."

Frenchy Davies hatte sich entschlossen, die Wahrheit zu sagen. „Nun gut, ich habe Ihren Namen schon mal gehört, und das liegt noch nicht lange zurück. Haben Sie etwas mit der Dorry zu tun, die in der Disco Nightwatch aus- und eingeht?"

„Bingo."

„Ah, Sie sind das."

„Dann haben Sie mich schon gesehen?"

„In der Tat."

„Hm." Die Anruferin überlegte. „Dann wäre es doch nicht schlecht, wenn wir uns mal kennenlernen würden."

Frenchy war über dieses Angebot erstaunt. „Ach, Sie meinen, dass ich in die Disco kommen soll?"

„Nein, Frenchy." Die Anruferin lachte. „Ich gehe

zwar gern aus, aber nicht jeden Abend. Ich lade Sie zu mir ein. Könnten Sie sich damit anfreunden?"

Auch Frenchy lachte, allerdings war es ein verlegenes Lachen. „Ich ... ich weiß nicht. Das kommt alles sehr plötzlich."

„Das verstehe ich. Wenn es Ihre Zeit nicht erlaubt, vergessen wir das Ganze. Aber ich ... nun, ich habe einfach das Bedürfnis, Sie kennenzulernen. Sie sind mir sympathisch, und vielleicht bringt unser Treffen nicht nur uns etwas, sondern auch Ihrem Freund. Ein Date unter Frauen gewissermaßen."

„Sie meinen, ohne Mason?"

„Ja."

„Und was sollte das bringen?"

„Überraschungen, meine Liebe. Ja, Überraschungen, die Sie möglicherweise weiterbringen." Doriana Gray senkte die Stimme zu einem Flüstern. „Ein Date unter Frauen, Frenchy. Unsere Männer müssen ja nicht alles wissen. Ein paar Geheimnisse sollten wir auch noch haben. Und wenn wir diese Geheimnisse dann vor unseren Männern offenbaren, ist es immer wieder amüsant zu sehen, wie sie reagieren."

Frenchy überlegte – und wunderte sich über sich selbst. Normalerweise wäre sie auf so einen Zug nicht aufgesprungen. Sie überlegte auch, ob sie eine Gefahr hinter dem Angebot dieser Dorry sehen musste.

Da war noch etwas anderes, das ihr im Kopf herumging. Sie hatte ihren Freund immer um seinen Job beneidet. Der brachte wirklich Action, auch wenn er gefährlich war. Sie wäre hin und wieder gern mit eingestiegen, doch sie war nun mal keine Polizistin.

War dieser Anruf eine Chance? Oder ein Wink des Schicksals?

„Haben Sie sich entschieden, Frenchy?"

Sie gab keine direkte Antwort, als sie fragte: „Wie haben Sie sich das alles denn vorgestellt?"

„Es ist ganz einfach", sagte Dorry. „Sie nennen mir Ihre Adresse, und ich lasse Sie abholen."

„Aha. Und wohin werde ich dann gefahren?"

Doriana lachte. „Das soll eine Überraschung sein. Sie müssen sich keine Sorgen machen. Es ist alles okay."

Frenchy ließ nicht locker. „Kann es sein, dass die US-Botschaft unser Ziel ist?"

„He, wie kommen Sie darauf?"

„Nur so."

„Sie scheinen mir sehr schlau zu sein. Egal, stimmen Sie zu oder nicht?"

„Ja."

„Gut, dann brauche ich noch Ihre Adresse."

Frenchy gab sie bekannt, und sie kam sich dabei vor wie jemand, der etwas preisgab, was er gar nicht preisgeben wollte.

„Ich freu mich, Frenchy."

Es war der letzte Satz, den die Frau sprach, bevor sie die Verbindung unterbrach.

Frenchy Davies ließ sich im Sessel zurücksinken. Sie hatte kaum bemerkt, dass sie sich zwischenzeitlich hingesetzt hatte. Das Gespräch kam ihr in der Erinnerung vor, als wäre es ein Traum gewesen. Warum, zum Teufel, hatte sie dem Treffen zugestimmt? Warum hatte sie dieser Dorry auch noch Masons Adresse gegeben? Immerhin war diese Frau in einen Mordfall verwickelt!

Sie musste Mason Bescheid geben. Sie würde ihn über sein Handy anrufen. Er war schließlich in die Disco gegangen, um diese geheimnisvolle Frau zu treffen. Dass sie es war, die Kontakt zu ihm suchte, würde ihn wahrscheinlich ziemlich überraschen.

Sie wollte schon zum Hörer greifen, um Mason anzurufen – doch dann zuckte ihre Hand wieder zurück, und ihr war, als würde sie die Stimme dieser Dorry wieder hören.

... ein Date unter Frauen ...

Ja, das hatte sie gesagt. Und plötzlich fühlte sich Frenchy daran gebunden. Es konnte falsch sein, was sie tat, aber seltsamerweise wäre sie sich wie eine Verräterin vorgekommen, hätte sie Mason vorab über das geplante Treffen mit der geheimnisvollen Dorry informiert.

Sie konnte nicht ahnen, dass Dorry sie bereits in ihren Bann geschlagen hatte, dass allein ihre Stimme genügt hatte, sie zu manipulieren.

Und es würde noch weitergehen ...

Frenchy öffnete die Haustür, und tatsächlich parkte ein burgunderroter Bentley in der zweiten Reihe vor dem Haus. Sie sah auch den Mann, der bei ihr geklingelt hatte. Er stand neben der Beifahrertür, die er für sie offen hielt.

Der Mann war hochgewachsen und hatte dunkles, nach hinten gegeltes Haar, das wie lackiert glänzte. Sein Gesicht war recht schmal, hatte ein auffallend eckiges Kinn und Lippen, so dünn wie Messerrücken.

Sie ging auf ihn zu, und er sagte höflich: „Bitte, Miss. Steigen Sie ein."

„Wer sind Sie?"

„Ich soll Sie abholen, Madam."

„Das weiß ich", sagte sie. „Haben Sie auch einen Namen?"

„Ich heiße Goran."

„Sie stammen nicht von hier?"

„Nein, ich bin in Rumänien geboren."

„Ah ja."

Frenchy betrachtete ihn noch einmal. Sein dunkelgrauer Anzug wirkte wie die Uniform eines Chauffeurs. Vielleicht gehörte er zum Personal der Botschaft. Trotzdem blieb ein gewisses Misstrauen bei ihr bestehen.

Sie stieg dennoch in den Wagen, in dem es nach Leder roch und nach einem Herrenparfüm.

Goran stieg an der Fahrerseite ein, und Sekunden später fuhr der Bentley so gut wie lautlos an. Er glitt dahin, doch Frenchy kam es vor, als würde sie in einem rollenden Sarg sitzen. Sofort versuchte sie, diesen Gedanken aus ihrem Kopf zu vertreiben.

Goran sagte kein Wort, doch Frenchy, die sehr kommunikativ war, sprach ihn einfach an: „Warum sagen Sie nichts?"

„Es gibt nichts zu bereden."

„Und wohin fahren wir?"

„Zu ihr."

Frenchy lachte. „Das weiß ich schon. Aber wo finden wir sie?"

„Sie werden es früh genug sehen."

Doch Frenchy ließ sich so schnell nicht abspeisen. „Ist es die Botschaft?"

„Lassen Sie sich überraschen."

Frenchy wartete ab und schaute aus dem Seitenfenster. Der Bentley rollte in Richtung Süden, durch Belgravia und weg von den verschiedenen Landesvertretungen.

Sie beugte sich wieder vor zu Goram und sagte: „Unser Ziel ist also nicht die Botschaft."

„Genau."

„Und wo liegt es dann?"

Goran hob nur die Schultern, und Frenchy erkannte, dass es nichts bringen würde, weitere Fragen zu stellen; der Typ würde nichts sagen.

So hielt sie den Mund, während es immer dunkler wurde und das Tageslicht endgültig der Nacht wich.

Sie kam sich vor wie eine Puppe, die man auf den Rücksitz des Wagens gesetzt und festgeschnallt hatte. Nun war ihr Blick nach vorn gerichtet, die Lippen lagen aufeinander, und die Hände hatte sie zusammengepresst in den Schoß gelegt.

Sie bereute ihren Entschluss bereits und befürchtete, einen bösen Fehler begangen zu haben.

Goran kannte sich gut aus und fuhr zudem sehr sicher. Der Bentley war wie ein Schatten, der sich zielsicher durch den Verkehr bewegte, während in der riesigen Stadt ringsum allmählich das abendliche Leben begann.

Als Frenchy das Glitzern eines breiten Bandes erspähte, wusste sie, dass sie sich der Themse näherten. Chelsea hatten sie inzwischen hinter sich gelassen und fuhren bereits durch Sands End. Die Strecke wand sich am Ufer entlang. Der Verkehr war dünner geworden, und vor ihnen erschien der Umriss der Wandsworth Bridge. Jenseits des Stroms lag der gleichnamige Vorort, den sie so gut wie nicht kannte.

„Wohin fahren wir denn?“, wollte sie endlich wissen.

„Wir sind gleich da.“

„Das ist keine Antwort.“

„Für mich schon.“

Frenchy verstummte wieder. Das Gefühl, in einer Falle zu stecken, verstärkte sich bei ihr immer mehr. Sie passierten einige kleine Werften. Gegenüber lagen Anlegestellen für Ausflugsboote, und als sie auf den Hurlington Park zurollten, erreichten sie ein Gebiet, in dem einige Hausboote am Flussufer lagen. Manche dümpelten dicht beieinander, aber es gab auch Boote, die recht einsam lagen. Von der Straße her führten schmale Wege über die Uferregion hin zu den Booten.

„Wir sind da!“

Gorans Stimme erschreckte Frenchy, die in Gedanken versunken war.

Der Rumäne hielt den Wagen an.

„Aber hier gibt es nur Hausboote“, sagte Frenchy erschrocken.

„So ist es.“

„Wartet Miss Gray auf einem Hausboot auf mich?“

„Das wird wohl so sein.“ Er deutete nach links. „Steigen Sie aus.“

„Schon gut.“ Frenchy stieg aus dem Wagen. Als sie sich aufrichtete, spürte sie wieder ein leichtes Zittern in den Knien. Ihr Blick glitt zum Fluss, der als dunkler Strom in Richtung Osten trieb, wo er im Meer mündete. Sie sah nur wenige Schiffe, aber wenn sie den Kopf drehte, fielen ihr wieder die Hausboote auf, die ihren Platz an diesem Ufer hatten.

Ein schmaler Pfad führte durch das flache Schwemmland zu jenem Hausboot, das in ihrer direkten Blickrichtung lag. An Bord brannte nur eine Laterne, die im leichten Wind schaukelte und ihren gelben Schein über die Planken warf.

Sie schrak zusammen, als sie die schwere Hand des Fahrers auf ihrer Schulter spürte.

„Gehen Sie. Sie werden erwartet.“

„Und dann?“

Er drückte sie vor, und Frenchy bewegte automatisch ihre Beine; es blieb ihr nichts anderes übrig. Für eine Umkehr oder gar für eine Flucht war es zu spät.

Sie roch den Fluss. Das Wasser gab einen leicht fauligen Geruch von sich. Er war typisch für die Themse, die Frenchy aber ansonsten mochte, denn hier, in London, hatte sie sich immer zu Hause gefühlt.

Doch an diesem Abend kam ihr der Fluss vor wie ein riesiges kaltes Grab, und als ihr dieser Vergleich in den Sinn kam, schauderte sie noch mehr. Sie bereute es zutiefst, sich auf dieses Abenteuer eingelassen zu haben, doch ein Zurück gab es nicht mehr.

Der Steg, der zum Hausboot führte, bestand aus Holz, und als Frenchy ihn betrat, spürte sie das leichte Schwanken.

Auch in der Uferregion war das Wasser nie ruhig. Immer wieder rollten Wellen heran, die vorbeifahrende Schiffe verursachten. Ihr Klatschen bildete die akustische Hintergrundmusik für diese düstere Kulisse.

Die Laterne hing an einem Mast und schaukelte in der Nähe des Hecks. Genau dort führte auch der Steg hin.

Frenchy und der Rumäne betraten das Boot.

„Wo ist Doriana?", wollte Frenchy mit leiser Stimme erfahren.

„Sie wartet."

„Ich will sie hier sehen." Frenchy fürchtete sich davor, unter Deck zu gehen, denn dort würde sie erst recht in der Falle sitzen.

„Nein."

„Aber …"

„Sie gehen jetzt!"

Goran tat ihr nichts. Er berührte sie nicht mal, aber seine Stimme war Drohung genug, und so folgte sie der Aufforderung.

Hinter einem Aufbau sah sie eine zweite Lichtquelle.

Der gelbe Schein drang aus dem Bauch des Schiffs. Dort führte ein Niedergang in die Tiefe. Als Frenchy nahe genug heran war, sah sie eine Holztreppe, die sie langsam hinunterstieg, und sie kam sich mit jedem Schritt vor, als würde sie damit ihr bisheriges Leben immer mehr verlassen.

„Komm ruhig näher, Frenchy!“, hörte sie eine Frau rufen. „Ich freue mich auf dich!“

Frenchy erkannte die Stimme wieder. Sie hatte sie vor einigen Minuten am Telefon gehört.

In Frenchy Davies baute sich eine gewisse Spannung auf.

Sie ließ die letzten Stufen hinter sich und befand sich dann im Bauch des Hausboots.

Der Raum war groß, nur war die Decke recht niedrig. Das Licht der Lampe unter der Decke blendete Frenchy für einen Moment. Sie musste zwinkern, dann hatten sich ihre Augen an das Licht gewöhnt, und sie konnte ihre neue Umgebung besser erkennen.

Und sie sah Doriana Gray!

Die Frau stand praktisch in der Mitte der recht geräumigen Kabine und wartete auf sie. Frenchy hatte sich keine großartigen Gedanken über das Aussehen der Frau gemacht. Sie war davon ausgegangen, dass sie in dem gleichen Outfit erscheinen würde wie am letzten Abend in der Disco. Das war ein Irrtum, denn die Kleidung, die Doriana trug, passte nicht mehr in die heutige Zeit.

Es war ein dunkles langes, hochgeschlossenes Kleid

mit zwei Reihen heller Knöpfe auf der Vorderseite, auf Taille geschnitten und in seiner Schlichtheit sehr elegant.

Solche Kleider hatten die Frauen zur Zeit der Queen Victoria getragen. Eigentlich hätte Dorry, die Discogängerin, in diese Zeit nicht hineingepasst, und doch schien sie sich in dem Kleid wohlzufühlen. Überhaupt schätzte Frenchy sie als eine Person ein, die sich auf nichts festlegen ließ.

Die dunklen Haare hatte Doriana Gray hochgesteckt. Dadurch wirkte ihr Gesicht mit den leicht ausgeprägten Wangenknochen nicht mehr so schmal. Frenchy musste zugeben, dass diese Frau offenbar jede Frisur tragen konnte. Sie strahlte zudem etwas aus, was Frenchy bei einer anderen Person noch nie erlebt hatte – sie fühlte sich von Dorry angezogen und zugleich abgestoßen, als würde von ihr eine Warnung ausgehen.

Doriana lächelte sie an, doch Frenchy kam dieses Lächeln kalt und herzlos vor. Es fiel ihr schwer, den Blick von Doriana Gray abzuwenden und an ihr vorbei in den Hintergrund zu schauen, wo sich das Licht der schwachen Deckenleuchte allmählich verlor und nur Umrisse zu erkennen waren. Dennoch sah sie dort einen recht hohen Gegenstand, aber auch die Umrisse von zwei schweren Sesseln.

Sie konzentrierte sich wieder auf Doriana. Wer war sie? Wer versteckte sich tatsächlich hinter dieser Frau, die sich Dorry nennen ließ?

Frenchy kam ein merkwürdiger Gedanke. Sie kannte

Dorry, die Discogängerin, aber vor ihr stand Doriana Gray, die dieses alte Kleid trug und einem anderen Jahrhundert entsprungen zu sein schien. Es war, als hätte sie es mit zwei verschiedenen Personen zu tun, die sich einen Körper teilten …

Frenchy wusste nicht, wie lange sie einfach nur dagestanden und gestarrt hatte. Aber das war ihr in diesen Minuten auch egal. Es zählte im Moment nur Dorry – oder besser Doriana, denn der Disconame erschien Frenchy mit einem Mal unpassend.

„Da bist du ja, Frenchy“, ergriff Doriana wieder das Wort. „Herzlich willkommen.“

Frenchy hob die Schultern, als würde sie frieren, und flüsterte: „Und was … was passiert jetzt?“

„Viel wird passieren“, säuselte Doriana. „Zunächst mal lass dich begrüßen, Frenchy.“ Sie trat auf das blonde Mädchen zu. Frenchy tat nichts, konnte nichts tun. Sie wusste Goran hinter sich, der alles genau beobachtete.

Sekunden später lagen Dorianas Hände auf ihren Schultern, und sie zog Frenchy an sich, küsste sie auf beide Wangen. Frenchy spürte ihre weichen Lippen – aber auch etwas Spitzes, das über ihr Gesicht streifte.

Lippen berührten kurz ihren Mund, und Frenchy spürte den Druck von Dorianas Brüsten an ihrem Körper. Hände streichelten sie, und ein Schauer nach dem anderen rann über Frenchys Rücken. Die fremde Frau betastete sie an Stellen, wo sie zuvor noch keine anderen Frauenhände gespürt hatte, aber seltsamerweise war ihr das nicht unangenehm.

Bis auf eine Sache.

Und die störte sie schon extrem.

Es war der Geruch.

Nicht der Geruch unter Deck, nein, es war der Geruch, den Doriana verströmte, irgendwie alt und muffig …

Während sie darüber nachdachte, wurde sie weiterhin von Dorianas Händen gestreichelt, als wollte die andere Frau jede Stelle ihres Körpers erkunden.

Frenchy aber wurde von diesem seltsamen Geruch völlig abgelenkt. Sie suchte weiterhin nach einem Vergleich, und Begriffe wie „Friedhof“ und „Grab“ schossen ihr durch den Kopf und …

Plötzlich registrierte sie, dass Doriana an ihrer Bluse herumnestelte, damit begonnen hatte, sie aufzuknöpfen.

„Nein!“, sagte sie laut. „Nein, ich will nicht!“ Und dann stieß sie Doriana von sich.

Die schien nicht mal überrascht; sie lachte und fragte mit säuselnder Stimme: „Du willst nicht?“

„Ja, genau das habe ich gesagt.“

„Aber du musst. Ja, du musst.“ Doriana sprach eindringlich und trat wieder auf Frenchy zu. „Du kannst nicht anders. Du musst dich in deine neue Rolle fügen. Das habe ich beschlossen, und dabei bleibt es auch. Denn hier passiert, was ich will.“

Frenchy schluckte. Sie wunderte sich über sich selbst, dass sie nicht mal so sehr von dem überrascht war, was sie da zu hören bekam. Sie hatte es geahnt. Ihre Neugierde war bereits auf der Fahrt zum Hausboot einer kalten Angst gewichen, und nun musste sie die Folgen ihres Handelns tragen.

Panik wollte in ihr aufsteigen. Doch sie riss sich zusammen, schüttelte den Kopf.

„Nein, ich spiele hier nicht mit, was immer du auch vorhast“, erklärte sie mit fester Stimme. „Ich werde jetzt gehen!“

„Bist du sicher?“, fragte Doriana lauernd.

„Ja.“

„Dann versuch es.“

Frenchy achtete nicht auf den Unterton in Dorrys Stimme. Sie drehte sich um und …

Sie hatte nicht mehr daran gedacht, wer hinter ihr stand.

Doch Goran wusste genau, was er zu tun hatte.

Seine Faust krachte gegen Frenchys Stirn, und der harte Treffer ließ sie bewusstlos zusammenbrechen.

Sie bekam nicht mit, dass Goran sie mit seinen starken Armen auffing …

Frenchy erwachte, denn etwas störte sie. Ein scharfer Geruch, der ihr in die Nase drang. Es roch nach Ammoniak, aber zugleich war da auch etwas Süßliches in diesem stechenden Geruch. Dennoch wurde ihr nicht übel davon.

Dann drang eine Stimme an ihr Ohr. „Es ist gleich vorbei, Frenchy. Es ist ein altes Hausmittel, das hervorragend funktioniert."

Frenchy hatte die Worte gehört und auch verstanden, doch sie erwiderte nichts darauf. Sie ließ alles über sich ergehen und öffnete brav die Lippen, als man ihr etwas zu trinken einflößte, das ebenfalls bitter schmeckte, aber ihre Lebensgeister tatsächlich weckte, sodass sie endlich die Augen aufschlug.

Vor ihr saß Doriana Gray. Frenchy sah in ihr Gesicht, sah die dunklen Augen, in denen es zu brennen schien, und sie sah das Lächeln ihres blutrot geschminkten Mundes.

Dann stellte sie fest, dass sie lag. Auf einer Couch, einem Sofa, das in der großen Kabine seinen Platz gefunden hatte, und Doriana hockte auf seiner Seitenlehne.

„Na, geht es wieder?", erkundigte sie sich mit einer bewusst freundlichen und weichen Stimme.

„Ja, ja ...", stammelte Frenchy. „Aber ich ..."

„Du hast dich schlecht benommen, Frenchy", sagte Doriana tadelnd.

„Nein, ich ... ich wollte nur weg." Die Erinnerung war längst zurückgekehrt, und Frenchy wollte sich mit einem Ruck erheben, doch das schaffte sie nicht, denn sofort schoss ihr ein stechender Schmerz durch den Kopf, und sie ließ sich wieder nach hinten stinken.

Doriana gönnte ihr ein paar Sekunden Erholung, bevor sie sagte: „Ja, du wolltest verschwinden, und genau das war dein Fehler."

„Wa-warum?"

„Weil ich es nicht will. Ab jetzt wirst du nur das tun, was ich möchte“, erklärte ihr Doriana und sprach zu ihr wie zu einem begriffsstutzigen Kind. „Ich habe hier zu sagen, verstehst du?“

Frenchy wollte es nicht verstehen, doch sie fand einfach nicht die Kraft für eine Entgegnung. Stattdessen schaute sie in das blasse Gesicht der anderen Frau, deren Mund sich erneut zu einem Lächeln verzog. „Du verstehst es nicht, oder?“

„Ich … weiß nicht. Mir geht es nicht gut. Mein … mein … Kopf, er schmerzt. Ich will …“

„*Du* willst gar nichts mehr, meine Liebe“, sagte Doriana in falscher Freundlichkeit. „Alles, was ab jetzt mit dir geschieht, ist das, was *ich* will. Dein Wille ist nicht mehr wichtig. Und dass dein Kopf schmerzt, hast du dir selbst zuzuschreiben. Das ist dir doch klar, oder?“

„Nein!“

„Schau mich an!“

Diese drei Worte hatte sie mit aller Schärfe ausgesprochen, und Frenchy konnte sich diesem Befehl nicht widersetzen. Sie fühlte sich wie gebannt, fand nicht die Kraft, sich davon zu befreien.

„Was willst du von mir, Doriana?“, fragte sie mit eisiger, brüchiger Stimme.

„Ich will *dich.* Und habe dich bereits. Aber du wirst mir bald ganz gehören. Du wirst meine Sklavin sein. Du wirst keinen eigenen Willen mehr haben und nur noch das tun, was ich von dir verlange.“

„Nein, das …"

„Hör auf, dich zu wehren, Frenchy", riet ihr Doriana. „Es hat keinen Sinn. Denn es gibt kaum einen Menschen, der gegen die Kunst der Hypnose ankommen kann. Ich beherrsche sie. Ich bin die Hexerin, und ich werde dich auf meine Seite ziehen, auch gegen deinen Willen."

Frenchy gab keine Antwort. Es hatte ihr die Sprache verschlagen. Sie selbst hatte bisher noch nie Erfahrung mit Hypnose gemacht, aber sie hatte darüber gelesen und auch entsprechende Berichte im Fernsehen gesehen.

Sie sah das Gesicht der Hexerin schräg über sich schweben. Alles andere schien auf einmal nicht mehr zu existieren, für Frenchy gab es nur noch dieses Gesicht. Das Gesicht mit Augen, die einen besonderen Glanz erhalten hatten. Doriana bannte sie mit ihrem Blick, dem Frenchy nicht ausweichen konnte. Sie versuchte zwar, das eigene Gesicht zur Seite zu drehen, doch es blieb nur beim Gedanken, beim Wunsch, mehr war nicht mehr drin.

Dann bewegte sich Dorianas Mund. Lippen öffneten sich, Zähne erschienen. Spitze Eckzähne wie bei einem Raubtier. Zähne, die zerreißen und zerfleischen konnten.

Dann war es vorbei. Das Gesicht vor ihren Augen löste sich auf wie Morgennebel in der Sonne, und Frenchy fühlte nichts mehr. Sie glitt einfach weg. Sie war nicht mehr vorhanden.

Dennoch hörte sie die Stimme der Doriana Gray: „Bist du da, Frenchy?“

Ihre Antwort war kaum mehr als ein Hauchen. „Ja.“

„Du fühlst dich wohl?“

„Ich fühle mich wohl“, sagte Frenchy mit tonloser Stimme.

„Du weißt, wer ich bin?“

„Du bist Doriana.“

„Ja, das stimmt. Aber ich bin noch viel mehr. Ich bin ab jetzt deine Meisterin, und ich werde dich leiten. Hast du das verstanden?“

„Das habe ich.“

„Dann wiederhole es.“

„Du bist meine Meisterin.“

„Und weiter?“

„Du wirst mich leiten.“

„Du wirst mir gehorchen?“

„Ja.“

„So will ich es haben, meine Liebe. Die Sklavin wird alles für die Meisterin tun.“

„Ich werde alles tun, was du verlangst.“

„Wie gut, dass ich mich auf dich verlassen kann“, sagte Doriana. „Es soll nur noch uns beide geben und keinen anderen Menschen mehr. Deshalb musst du dich von einem bestimmten Mann trennen.“ Doriana beugte sich noch tiefer über die wie schlafend auf dem Sofa liegende blonde Frau und schaute ihr direkt ins Gesicht. Ein Gesicht, das zur Maske erstarrt war. „Du kennst einen Mann namens Mason Flint?“

„Ja.“

„Und du kennst ihn gut?“

„Ja, ich kenne ihn gut. Er ist mein Freund.“

„Aber es gibt ein Problem, meine Liebe“, sagte Doriana mit eindringlicher Stimme. „Er steht zwischen uns beiden. Darf er das?“

„Nein.“

„Genau, er darf nicht zwischen uns stehen, und dafür wirst du sorgen. Ich schicke dich zu ihm, und du wirst tun, was ich dir jetzt sage. Hörst du zu?“

„Ich höre.“

Die nächsten Worte sprach Doriana noch leiser, aber mit einer ungeheuren Intensität. Sie impfte sie dem blonden Mädchen geradezu ein, brannte Frenchy ihren mörderischen Plan in den Kopf und nahm ihr gleichzeitig den letzten Rest ihres eigenen Willens.

In der Kabine war ansonsten nichts zu hören. Auch Goran hatte sich zurückgezogen.

Als sich Doriana wieder aufrichtete und normal hinsetzte, lag ein kaltes Strahlen in ihren Augen. Sie wusste, dass sie es geschafft hatte. Frenchy Davis war zu ihrer Marionette geworden, zu ihrer willenlosen Sklavin – zu ihrem Mordwerkzeug.

„Setz dich hin, Frenchy“, befahl sie.

Frenchy gehorchte. Sie bewegte sich nur langsam. Ihre Augen waren zwar geöffnet, aber ihr Blick wirkte nicht so wie bei einer Sehenden. Sie stand jetzt ganz im Bann der Hexerin.

„Wenn du gleich erwachst, wirst du dich an nichts erinnern können, was an Bord dieses Bootes geschehen ist. Du wirst dich verhalten wie immer, aber du wirst irgendwann meinen Befehl erhalten, und dann wirst du das tun, was ich dir sage."

„Ja, das werde ich."

„Gut. Jetzt werde ich dir noch die Haare richten. Du wirst deinen Freund mit einer neuen Frisur überraschen. Und du wirst ihn heute noch scharf machen – und dann ..." Der Satz endete in einem Lachen.

Danach beschäftigte sich Doriana mit Frenchys Frisur. Sie drückte die Haare hoch und nahm eine Hutnadel zur Hilfe, damit die blonde Flut zusammengehalten wurde.

Frenchy ließ alles mit sich geschehen. Sie war nur noch eine Marionette. Nichts mehr passierte auf ihren eigenen Wunsch hin, alles wurde von der Meisterin bestimmt.

Dann wurde sie von Doriana aus ihrem tranceähnlichen Zustand geweckt.

Auf der Couch sitzend fand sie sich wieder, und es war ihr, als wäre sie aus einem tiefen Schlaf erwacht. Die Erinnerung an das, was passiert war, nachdem sie das Hausboot betreten hatte, fehlte ihr völlig. Verwirrt schaute sie sich um.

„Hi, Frenchy." Doriana stand vor ihr und lächelte sie honigsüß an.

„Ha... hallo", sagte Frenchy verhalten.

„Geht es dir gut?"

„J-ja … mir geht es gut."

„Das freut mich."

Frenchy atmete tief durch. Dann schaute sie sich wieder um, schüttelte schließlich den Kopf und sagte: „Meine Güte, ich komme mir vor, als hätte ich geschlafen."

„Tja, das hast du wohl auch."

Frenchy schaute Doriana nachdenklich an. Dann drückte sie sich die Fingerspitzen der rechten Hand gegen die Stirn und sagte mit leiser Stimme: „Irgendetwas stimmt aber nicht. Ich … ich … habe vergessen, weshalb ich hier bin."

„Du wolltest zu mir. Du kennst mich doch."

„Ja. Du bist Dorry. Aus der Disco."

„Wir hatten uns verabredet."

„Kann sein", murmelte Frenchy.

„Erinnerst du dich nicht daran?"

Frenchy schaute sie wieder an. „Wenn du es sagst, wird es wohl stimmen. Obwohl …" Erneut schüttelte sie den Kopf. „Ich weiß wirklich nicht, was ich hier sollte. Es ist, als hätte ich einen Blackout."

„Es ist nicht so tragisch. Jedenfalls haben wir uns gut verstanden, Frenchy."

„Wenn du das sagst."

„Sicher." Doriana sah zur Tür hin, in der wieder Goran aufgetaucht war und wartete. „Du musst dir kein Taxi nehmen, Frenchy. Goran wird dich fahren."

„Oh, das ist nett."

Doriana nahm Frenchy in die Arme, nachdem diese aufgestanden war. „Wir sehen uns wieder, meine Liebe.

Ganz bestimmt tun wir das, und dann werden wir gemeinsam eine schöne Zeit erleben."

Frenchy gab keine Antwort. Sie nahm alles hin, fragte auch nicht nach, wie das gemeint war. Sie kam sich noch immer vor wie in einem Traum, und das änderte sich auch nicht, als Goran sie von Bord führte und sie zurück zum Bentley gingen ...

8

Vergangenheit

Die Zeit verging, und draußen schlich bereits wieder die Nacht heran wie ein schwarzes Ungeheuer. Doriana hatte sich vor der Dunkelheit nie gefürchtet. So etwas hatten Hexen nicht nötig. Das jedenfalls war ihr stets gesagt worden. Doch nun war alles anders.

Plötzlich – Stunden, nachdem sie wieder zu sich gekommen war – wurde die einzige Tür des Raums nach innen gerammt. Sechs Kerzen verteilten flackernden Schein. Wegen des Windstoßes tanzten die Flammen um die Dochte. Die Kerzen steckten auf einem Halter, und den wiederum hielt ein Mann in der Hand.

Es war derjenige, der Doriana niedergeschlagen hatte, noch immer dunkel gekleidet und vermummt, wobei die Maske nur Löcher für die Augen aufwies.

Er sagte nichts.

Er schloss hinter sich die Tür und ging mit zwei langen Schritten bis dicht an diesen verhängten Gegenstand in der Mitte des Raums heran. Er sprach kein Wort, blieb stehen und fasste mit der freien Hand nach dem Tuch, das den Gegenstand verbarg.

Mit einem heftigen Ruck zog er es ab!

Das Tuch flatterte nach unten und gab endlich frei, was es bisher verborgen hatte.

Ein Gemälde – das Bildnis einer Frau!

Doriana stieß einen leisen Laut des Erschreckens aus.

Denn die Frau auf dem Gemälde war – sie selbst!

Der Mund – *ihr* Mund – war nicht geschlossen, und im Oberkiefer sah Doriana zwei Vampirzähne!

* * *

Gegenwart

Nichts, gar nichts hatte der Besuch in der Disco gebracht. Mason Flint hatte Dorry nicht angetroffen, keinen Bentley gesehen, nur die Masse tanzender Menschen, mit der er freilich nicht viel anfangen konnte.

Dennoch war er geblieben. Er hatte sich in das Gewühl gestürzt, war dabei einige Male blöd angemacht worden, und er hatte immer wieder in Gesichter geschaut, die entrückt wirkten, wie die von völlig weggetretenen Menschen, als würden die Besucher der Disco unter Drogen stehen. Doch das war normal; wer das NIGHTWATCH besuchte, ließ sich einfach fallen und nahm dabei eine andere Persönlichkeit an. Er wurde zu dem Menschen, den er tagsüber unterdrücken musste. Erst in der Disco konnte er seinen wahren Gefühlen freien Lauf lassen und er selbst sein. Deshalb nahm Mason keinem die Anmache übel. So reagierten sie eben, wenn ein »Normalo« in ihre Welt eindrang.

An der überfüllten Bar hatte er sich nach Dorry erkundigt, doch als Antwort nur ein Schulterzucken erhalten. Keiner hatte sie gesehen, keiner wollte wissen, wo sie zu finden war, und ob sie noch erscheinen würde, wusste auch niemand.

Ziemlich frustriert hatte sich Mason wieder in seinen Wagen gesetzt und sich auf den Heimweg gemacht. Er dachte dabei an Frenchy, die auf ihn wartete, und hoffte, dass es ihr inzwischen besser ging. Zweimal blieb er im Verkehr stecken. Zum einen, weil es einen Unfall gegeben hatte, und beim anderen Mal protestierte eine Gruppe Demonstranten gegen irgendwas.

Den Lärm der Disco hatte er noch immer in den Ohren. Das ungute Gefühl, einer großen Sache auf der Spur zu sein, blieb dennoch bestehen. Da bahnte sich etwas an. Etwas, das über die Grenzen des menschlichen Verstands hinausging. Da brauchte er nur an die sechs Toten zu denken. Die Art und Weise, wie diese Menschen ums Leben gekommen waren, konnte man wohl als einmalig bezeichnen. Man hatte sie in die Hälse gebissen, sie hatten kein Blut mehr in den Adern, waren einfach leergesaugt worden. Und zu guter Letzt hatte man ihnen je eine versilberte Hutnadel ins Herz gerammt.

Wenn man das alles zusammennahm, konnte man sich nur an den Kopf fassen. Es war nicht zu fassen. Man konnte es nicht logisch erklären.

Mason Flint hatte durch Beziehungen in der Nähe des Hauses, in dem er wohnte, einen Parkplatz ergattern können. Die Witwe eines Polizisten hatte ihm erlaubt, ihren Schuppen als Garage zu benutzen, und in einer Stadt wie London durfte man in dieser Hinsicht nicht wählerisch sein.

Flint musste zunächst an dem Haus vorbeifahren, um den Schuppen zu erreichen.

Plötzlich sah er den Bentley.

Nicht irgendeinen Bentley, sondern einen in Burgunderrot. Er stand vor dem Haus, in dem Mason wohnte, und als der Wagen anfuhr, sah Flint auch das defekte Rücklicht.

Für einen Moment glaubte er, im falschen Film zu sein. Was sollte das? Weshalb hatte der Wagen vor seinem Haus gestanden? Hatte man ihm einen Besuch abstatten wollen?

Es waren mehrere Gedanken auf einmal, die ihm durch den Kopf schwirrten. Er dachte auch an Frenchy – ob man ihr vielleicht etwas angetan hatte?

Er musste sich blitzschnell entscheiden: entweder hoch in die Wohnung oder die Verfolgung aufnehmen.

Er wollte den Bentley nicht so einfach entkommen lassen, wollte sich die Person oder Personen vornehmen, die darin saßen.

Also nahm Mason Flint die Verfolgung auf. Noch war das Heck mit dem einen Rücklicht, das noch leuchtete, auszumachen. Sekunden später sah Flint es deutlicher, denn er hatte aufgeholt.

Er fragte sich, wohin der Fahrer wollte. Eigentlich lag es auf der Hand, auch wenn dieser arrogante Botschaftsschnösel alles abgestritten hatte. Dennoch – Flint rechnete damit, dass der Bentley direkt zur Botschaft fuhr, und wenn das zutraf, bedeutete dies, dass gewisse Personen dort etwas zu verbergen hatten.

Flint fuhr schneller. Er musste dranbleiben, was nicht leicht war, denn der Verkehr in London nahm auf ihn keine Rücksicht. Immer wieder kam es zu prekären Situationen, denn auch der Bentley wurde nicht eben langsam gefahren, wechselte einige Male die Spur und sprang immer wieder in Lücken zwischen zwei anderen Wagen.

Doch er fuhr nicht in Richtung Grosvenor Place, wie Flint angenommen hatte, sondern nach Süden, zur Themse, wo es einige Brücken gab, über die man auf die andere Flussseite gelangen konnte.

Mason blieb ihm auf den Fersen. Dennoch kam ihm der Verdacht, dass ihn der Fahrer bemerkt hatte. Wenn er auf einen etwaigen Verfolger achtete, war das auch nicht verwunderlich, nicht mal im abendlichen London.

Sie fuhren durch Knightsbridge, dem Stadtteil mit den Museen, befanden sich nun südlich des Hyde Parks. Auch hier gab es zahlreiche Botschaften und zudem auch kleine Parks, Gardens genannt, grüne rechteckige Flecken, die umfahren werden konnten, was der Mann am Steuer des Bentley auch tat.

Mason Flint war mittlerweile sicher, dass man ihn entdeckt hatte. Daher gab er sich keine Mühe mehr, weiterhin Versteck zu spielen, sondern achtete jetzt darauf, dass sich kein anderes Fahrzeug mehr zwischen seinen Jaguar und den Bentley schob.

Plötzlich, nahe einer der Grünflächen, beschleunigte der Botschaftswagen. Der Bentley jagte davon, wurde in eine Linkskurve gezogen und verschwand.

Flint gab ebenfalls Gas. Die Reifen jaulten, als er um die Kurve bog. Er schaltete kurz das Fernlicht ein und fluchte leise, denn der Bentley war wie vom Erdboden verschluckt. Das war praktisch unmöglich, denn Mason war ihm dicht auf den Fersen gewesen. Der Wagen musste sich noch in der Nähe befinden. Nur wo, das war die Frage.

Mason drosselte das Tempo. Es war sein Glück, denn so entdeckte er den Bentley. Er hatte angehalten, stand aber nicht auf der Straße, sondern auf der kleinen Grünfläche zwischen zwei Bäumen.

Mason stoppte, schaltete die Warnblinkanlage ein und stieg aus dem Jaguar. Mit ein paar Schritten hatte er die Grünfläche erreicht. Auf dem Weg dorthin zog er seine Waffe, eine Glock Kaliber 45.

Er huschte in die Schatten der Grünfläche. Die nächste Laterne stand zu weit entfernt, als dass ihr Licht ihn erreicht hätte. Auch der Bentley stand im Dunkeln. Mason bewegte sich vorsichtig darauf zu. Er spürte ein Ziehen im Bauch, denn trotz des schummrigen Lichts gab er eine prächtige Zielscheibe ab.

Deshalb ging er auch hinter dem Bentley in Deckung, sobald er das Fahrzeug erreicht hatte.

Wo steckte der Fahrer?

Dass er sich noch im Wagen befand, glaubte Flint nicht. Sicherlich hatte er ihn verlassen, um in die Dunkelheit zwischen den Bäumen abzutauchen. Das Ganze hier war ein perfekter Hinterhalt.

In Masons Umgebung war es ruhig. Fast schon zu

ruhig. Die Geräusche außerhalb der kleinen Grünfläche nahm er kaum wahr.

Er schaute nach vorn in das Dunkel, doch dort war nichts zu sehen.

Wie lange er mit schussbereiter Waffe in der Nähe des Bentleys stehen blieb und versuchte, die Lage zu peilen, hätte er später nicht zu sagen gewusst. Er wollte endlich Klarheit haben. Dass der Fahrer etwas zu verbergen hatte, lag auf der Hand. Sonst hätte er sich anders verhalten und nicht vor Mason Reißaus genommen.

Er konnte in seiner Nähe keine verdächtigen Bewegungen ausmachen. Nur der Wind spielte mit den Blättern der Bäume und ließ sie leise rascheln. Es hörte sich an, als würden Geister ihm warnend zuflüstern.

Er hatte seine Taschenlampe im Jaguar gelassen und ärgerte sich darüber. Zurück wollte er aber nicht. Der Bentleyfahrer lauerte irgendwo in der Nähe, davon ging er aus. Bestimmt war er nicht einfach abgehauen und hatte den Wagen zurückgelassen.

Nichts passierte.

Mason ärgerte sich. Allmählich wurde er es leid. Er huschte auf einen Baum zu, hinter dessen Stamm er erneut Deckung fand. Seine Augen hatten sich mittlerweile an die Dunkelheit gewöhnt.

Das Schießeisen in der Hand, schaute er sich misstrauisch um.

Nur nach oben schaute er nicht.

Und genau das war sein Fehler.

Als er das Knacken hörte, war es bereits zu spät.

Er wollte sich zwar noch zur Seite werfen, da traf ihn bereits etwas mit voller Wucht. Er erhielt einen harten Schlag am Kopf und im Nacken, und zugleich rammte etwas in seinen Rücken. Der Rammstoß schleuderte ihn zu Boden, er fiel auf den Bauch, und dann drückte ihn ein Gewicht nach unten.

Er hörte ein Keuchen, eine Hand griff in sein Haar und riss ihm den Kopf brutal in den Nacken.

Der Schmerz war kaum zu ertragen. Die Hand schien ihm die Kopfhaut vom Schädel zu reißen. Tränen traten ihm in die Augen, dann wurde sein Kopf ruckartig nach unten gedrückt. Er schlug mit dem Gesicht auf und war froh, dass sich unter ihm weicher Grasboden befand. Aber der Hundesohn auf seinem Rücken gab sich damit nicht zufrieden. Mehrmals rammte er das Gesicht seines Gegners in die Erde, und das machte Mason dann doch zu schaffen.

Er war dem Fremden fast dankbar, als dieser endlich damit aufhörte. Aber dennoch hielt der Kerl noch immer seine Pranke in Masons Haaren verkrallt.

Mason stöhnte, und aus seiner Nase sickerte Blut. Er wusste auch, dass es erst der Anfang gewesen war. Dieser Typ kannte kein Pardon.

Wieder wurde Masons Kopf hochgerissen. Seinen Angreifer hatte er noch nicht gesehen, dafür hörte er nun zum ersten Mal dessen Stimme.

„Warum verfolgst du mich?“

Es war eine dunkle Stimme, die fast schon einen gutturalen Klang hatte. Mason hörte auch scharfe Atemzüge.

Dann rammte der Kerl Masons Gesicht erneut auf den Grasboden.

Erst als man ihm den Kopf wieder in den Nacken riss, konnte Mason Antwort geben.

„Ich verfolg dich nicht."

„Was dann?"

„Dein … dein Rücklicht ist defekt. Ich … ich … wollte es dir nur sagen."

Die Erwiderung des Unbekannten bestand aus einem einzigen Wort: „Arschloch!"

„Verdammt, ich …"

Bevor er weitersprechen konnte, wurden Masons Haare losgelassen. Dafür packten ihn zwei Hände an den Schultern, um ihn in die Höhe zu zerren.

Doch der Kerl hatte ihn unterschätzt und wurde völlig überrumpelt, als sich Mason mit einer blitzschnellen Bewegung befreite und in der Drehung seine Faust nach hinten rammte.

Er traf den Mann zwischen die Beine.

Das hier war kein fairer Kampf und erst recht keine Auseinandersetzung zwischen Kindern. Mason wusste, dass es um Leben und Tod ging. Rücksicht war da fehl am Platze. Er drehte sich noch mal um die eigene Achse und setzte dabei zu einem Karatetritt an, der gegen die Brust seines Gegners gezielt war.

Der wankte zurück, jaulte wie ein liebeskranker Straßenköter und hielt die Hände zwischen die Beine gepresst. Der Tritt streifte ihn nur, dennoch prallte der Mann mit dem Rücken gegen einen Baumstamm.

Im Moment war er kampfunfähig. Das wollte Mason nutzen. Seine Waffe hatte er verloren, aber sie konnte nicht weit entfernt liegen. Auf eine Schlägerei wollte er sich nicht weiter einlassen.

Seine linke Fußspitze stieß gegen etwas Hartes. Es war die Glock.

Mason bückte sich schnell. Zu schnell, denn sofort wurde ihm schwindlig, und er griff daneben. Aber er fasste nach und bekam die Glock endlich zu fassen.

Sein Gegner war inzwischen am Stamm nach unten gerutscht. Noch immer presste er die Hände gegen die getroffenen Weichteile und keuchte und stöhnte.

Mason umklammerte die Glock und fühlte sich nun sicherer. Er drehte sich zur Seite und ging auf den Dunkelhaarigen in der Uniform eines Chauffeurs zu.

Der Mann bewegte sich, drückte seinen Körper nach links, sodass es aussah, als wollte er um den Stamm herumkriechen. Aber das war nur eine Täuschung, wie Mason feststellen musste.

Aus der Bewegung wurde eine Rolle, und plötzlich lag der Typ am Boden.

Gleichzeitig mit der Rolle hatte er eine Waffe hervorgeholt, einen schweren Revolver.

Er riss den Ballermann hoch, wollte abdrücken …

Mason war schneller.

Zweimal zog er den Stecher durch.

Beide Kugeln trafen. Masons Gegner kam nicht mehr zum Schuss. Es schien, als würden ihn die Kugeln am Boden festnageln, dann zuckte er und strampelte wild um sich, während er gurgelnde Laute von sich gab.

Mason ging zu ihm, die Glock im Anschlag. Man konnte nie wissen. Er hatte in seinem Job gelernt, vorsichtig zu sein.

In diesem Fall war das unnötig. Eine Kugel steckte in der Brust des Mannes, die andere in seinem Hals und hatte die Schlagader dort zerfetzt.

Dann war es vorbei, das Herz des Mannes hörte auf zu schlagen, und er war tot.

„Verdammt!", fluchte Mason. Das hatte er nicht gewollt. Er hätte den Mann zum Reden gebracht, da war er sich sicher.

Blieb die US-Botschaft. Das war bisher seine heißeste Spur. Doch er zweifelte daran, dass man dort plötzlich mit offenen Karten spielen würde.

Die innere Spannung fiel von ihm ab, und er spürte wieder die Schmerzen in seinem malträtierten Gesicht.

Mit dem Taschentuch wischte er sich Blut und Dreck aus dem Gesicht, so gut es eben möglich war. Danach rief er die Kollegen von der Mordkommission an.

Sein „Freund" Horseman hatte wieder Dienst. Er kam mit seinen Männern, und die bauten Scheinwerfer auf, die ihr grelles Licht über den Ort des Geschehens gossen und die Dunkelheit vertrieben.

Mason Flint lehnte in der Nähe an einem Baumstamm. Er hatte Horseman erklärt, was geschehen war, und Horseman hatte sich jeden Kommentar verkniffen. Für interne Streitigkeiten war die Situation zu ernst. Mason hatte nichts verändert, er hatte nur den Toten oberflächlich durchsucht und in der Tasche dessen Führerschein gefunden. So kannte er den Namen des Mannes: Goran Simincu. Offenbar stammte er aus Rumänien; jedenfalls war der Führerschein in Rumänien ausgestellt worden.

Horseman kam zu ihm. Aus seiner Miene war nicht abzulesen, was er wirklich dachte, als er sagte: „Guter Schuss, Flint. Oder besser: gute Schüsse. Beide Treffer waren tödlich gewesen."

„Er oder ich. Es war Notwehr. Ich hätte ihn auch lieber lebend."

„Hat er mit dem Fall der sechs Toten zu tun?"

„Ich denke schon."

Horseman bedachte Mason mit einem langen Blick. „Das ist nicht eben günstig."

„Wie meinen Sie das?"

„Der Bentley hat ein Diplomatenkennzeichen. Er gehört der amerikanischen Botschaft, und das könnte ein Problem geben."

Mason nickte und brummte: „Möglich ..."

„Also haben die Morde was mit den Amis zu tun?", fragte Horseman lauernd.

„Das weiß ich nicht."

„Glauben Sie's denn, Flint?"

Mason nahm einen tiefen Atemzug. „Ich will keine Gerüchte in die Welt setzen. Ich bin im Moment einfach überfragt. Aber ..." Er zuckte mit den Schultern. „Unmöglich ist nichts."

„Nun ja …“ Horseman machte nun doch ein verdrießliches Gesicht. Der Ärger stieg in ihm hoch. „Unmöglich finde ich es schon, dass Sie in dem Fall bisher überhaupt nicht weiterkommen, sondern stattdessen auch noch Ihre eigenen Leichen produzieren. Als wären die sechs blutleeren Toten nicht genug. Allmählich werde ich sauer. Ich bin es schließlich, der die Drecksarbeit erledigen muss. Sehen Sie zu, dass Sie endlich zu Ergebnissen kommen, verdammt noch mal!“

Horseman war während seiner Ansprache laut geworden, und Mason hätte beinahe zurückgebrüllt. Aber er riss sich zusammen und sagte nur: „Bin dabei.“ Okay, Horseman war ein Kotzbrocken, aber Mason konnte ihn auch verstehen. Es war die dritte Nacht in Folge, in der man ihn aus dem Bett riss, weil es mal wieder eine Leiche gegeben hatte.

Doch trotz Masons Einlenken wollte sich Horseman nicht beruhigen. „Ha!“, rief er. „Und wo sind die Erfolge?“ Er deutete auf die Leiche, die soeben fotografiert wurde. „Da etwa?“

„Er könnte uns den Weg weisen.“

„Tote reden nicht!“

„Aber die Lebenden.“

Horseman lachte, und es klang aufgekratzt, schon leicht hysterisch. „Meinen Sie die Botschaftsangehörigen? Da wird man Sie kalt abfahren lassen. Die lassen Sie nicht mal aufs Gelände.“

Allmählich wurde auch Mason wütend. „Das ist dann *mein* Problem“, knurrte er.

„Zum Glück, sage ich nur." Horseman machte eine wütende Handbewegung und ging davon.

Insgeheim gab ihm Mason recht. Die Sache hier würde Ärger geben, das stand fest. Aber er wollte sich darüber noch keine Gedanken machen. Er würde morgen früh einen Bericht schreiben müssen über das, was an diesem Abend vorgefallen war. Sollten die Kollegen hier noch Fragen haben, konnten sie ihn jederzeit anrufen.

Seine Laune war auf den Nullpunkt gesunken, als er sich wieder in seinen Jaguar setzte und den Heimweg antrat …

9

Du kommst aber spät, Mason. Ich hab kaum noch mit dir gerechnet."

Mason Flint hörte Frenchys Stimme, als er die Wohnungstür aufschloss. Dem Klang nach zu urteilen, ging es ihr wieder besser. „Wo steckst du denn?"

„Hier, im Wohnzimmer."

Mason zog erst den Mantel aus und hängte ihn auf. Dann betrat er den Wohnraum, und als Erstes fiel ihm auf, dass es nicht gerade hell im Zimmer war. Die Deckenleuchte brannte nicht, nur die Stehlampe war eingeschaltet, doch ihr Licht war abgedimmt. Dafür standen auf dem Tisch zwei Kerzen, deren Dochte von kleinen Flammen umflackert wurden.

Frenchy hatte sich in einen Sessel gekuschelt. Sie trug Masons dünnen Morgenmantel, der nur nachlässig verknotet war und in der oberen Hälfte viel von Frenchys nackter Haut freigab, sodass die Hälfte ihrer Brüste zu sehen waren.

„Mir geht es wieder gut, Mason", eröffnete sie ihm.

Er lächelte sie an, wenn auch leicht irritiert. „Das sehe ich."

„Und ich bin scharf."

„Das sehe ich auch", murmelte er verwundert.

„Komm her!"

Mason schüttelte den Kopf. „Später …"

„He, was heißt denn das?" Sie sprang hoch. „Ich will dich *jetzt!*"

„Ich muss nur ins Bad." Er trat näher an den Tisch heran, wo der Hals einer bereits geöffneten Flasche Sekt aus dem Kühler schaute. Etwas davon perlte in einem Glas, das griffbereit in Frenchys Nähe stand. „Schau dir mein Gesicht an."

Sie riss die Augen auf, als würde sie ihn erst jetzt richtig wahrnehmen. „Ist das Blut?"

Er nickte. „Ich will es nur wegwischen."

„Tu das", sagte sie, „aber lass dir nicht zu lange Zeit." Sie runzelte die Stirn. „Außerdem sehen deine Klamotten aus, als hättest du dich damit auf dem Boden herumgewälzt."

„Kann schon sein." Er nickte ihr noch einmal zu. „Bis gleich dann."

Mit einem derartigen Empfang hatte er nicht gerechnet. Aber eine Frau wie Frenchy war immer für Überraschungen gut. Die coole Blonde gab sie nur nach außen hin. Tatsächlich brodelte in ihrem Innern ein Vulkan.

Er betrat das Bad, zog sich aus und stellte sich unter die Dusche. Er fühlte sich noch immer wie aufgeputscht, aber Frenchy würde ihn sicherlich auf andere Gedanken bringen.

Es gab noch einen zweiten Bademantel, und den streifte er über, bevor er das Bad verließ und zu Frenchy zurückkehrte. Die stand inzwischen am Fenster und hielt zwei mit Sekt gefüllte Gläser in den Händen. Als sie ihn hereinkommen hörte, drehte sie sich nach ihm um.

„Komm her, lass uns trinken!" Sie trat auf ihn zu.

„Okay, das wird mir guttun." Mason nahm ihr ein Glas aus der Hand und schaute Frenchy an.

Er kannte sie. Er kannte sie sogar sehr gut. An diesem späten Abend allerdings irritierte ihn ihr Auftreten, und irgendetwas stimmte auch nicht mit ihren Augen.

Ihm gefiel der Blick nicht. Er war nicht so klar wie sonst, wirkte irgendwie verhangen und in sich gekehrt, als wäre sie mit ihren Gedanken woanders.

„Ich habe Dorry nicht angetroffen", begann er, „aber ..."

Frenchy legte ihm einen Finger auf die Lippen. „Pssst ... davon will ich nichts hören."

„Warum nicht?"

„Auch Bullen haben ein Privatleben."

„Das stimmt."

„Cheers." Sie stieß mit ihrem Glas gegen das seine. Einige Tropfen schwappten über und benetzten die Hände der beiden. Dann tranken sie, und Mason sah über den Rand seines Glases zu, wie Frenchy das ihre mit einem Zug leerte.

„He, du bist aber gut drauf", sagte er.

„Das bin ich doch immer." Sie stellte das Glas weg, nahm ihm auch das seine ab, um es auf den Tisch zu platzieren, dann zog sie am Gürtel ihres Bademantels, öffnete so den Knoten, und im nächsten Moment rutschte der Stoff an ihrem Körper entlang zu Boden.

Nackt stand sie vor ihm.

Er grinste. „He, das ist ein Anblick."

„Den kennst du doch."

„Ja, das stimmt."

„Gefällt er dir?"

Mason lächelte und betrachtete ihre Brüste, ihren flachen Bauch, das blonde Dreieck ihrer Scham, die schlanken Oberschenkel … Das alles war eine Gabe der Natur und wurde von Frenchy durch regelmäßigen Sport auch in Form gehalten.

„He, du sagst ja gar nichts mehr", beschwerte sie sich.

„Ähm … die Haare …"

„Ja. Was ist damit?"

„Sie sind anders."

„Ich habe sie hochgesteckt. Ich wollte dir wie eine Königin erscheinen, wenn du verstehst. Und Königinnen tragen doch ihre Haare hoch, oder?"

Ihre Worte verwirrten ihn noch mehr. „Äh, das … das weiß ich nicht …" Er grinste verlegen. „Du willst also meine Königin sein?"

„Bin ich das etwa nicht?" Frenchy wartete die Antwort nicht ab. Sie streckte ihren rechten Arm aus und griff unterhalb des Bauchnabels nach dem, was einen Mann oft so stolz macht. „He, der ist ja mächtig groß geworden."

„Das ist deine Schuld!", keuchte Mason.

„Na, dann werde ich ihn noch ein wenig wachsen lassen."

„Meinst du, dass du das schaffst?"

„Und ob." Mit geschickten Bewegungen befreite sie ihn von seinem Bademantel. „Eine meiner leichtesten Übungen."

„Aber du übst nur bei mir, oder?"

„Sicher." Sie verschloss ihm die Lippen mit einem Kuss, und augenblicklich begann sie mit ihrem Zungenspiel.

Mason kam sich vor, als würde er über dem Boden schweben. Er spürte Frenchys Hand, mit der sie an seinem besten Teil herumfingerte, er hörte sie stoßweise atmen, als sie ihre Lippen von seinem Mund löste, dann flüsterte sie ihm ins Ohr: „Leg dich hin, Mason. Leg dich hin. Sofort. Ich will es. Hier auf dem Teppich. Leg dich auf den Rücken und ich … ich …"

„Okay, okay, warte noch." Seine Lippen glitten über ihren Hals, und Frenchy legte den Kopf zurück. Sie genoss jede seiner Liebkosungen, holte dabei stoßweise Luft, als wäre sie dabei zu ersticken. Hände kneteten ihre Brüste. Dann bewegte sich Masons Mund nach unten, während er selbst in die Knie ging. Er küsste ihren Nabel, glitt über den Bauch hinweg und machte sie so scharf, dass sie schon jetzt leise spitze Schreie ausstieß.

„Auf den Rücken, Mason, leg dich auf den Rücken. Erst bin ich an der Reihe, dann du …"

Mason war in dieser Nacht alles egal. Er hatte dem Tod ins Auge geschaut, jetzt wollte er das Leben, und er wollte es ohne Kompromisse.

Er legte sich auf den Bademantel, den er eben noch getragen hatte, und sah, wie sich Frenchy vor ihm hinkniete. Sie blickte ihn an. Mason hatte diesen seltsamen Gesichtsausdruck noch nie bei ihr gesehen. Sie war bereit, über alle Grenzen zu springen.

Dann fuhr sie mit beiden Händen an den Innenseiten seiner Oberschenkel entlang.

„Schließ die Augen, Mason."

„Und dann?"

„Mach sie einfach zu."

„Bitte …"

„Heute werde ich dich verwöhnen. Ich will es einfach. Und später wirst du es dann mir so richtig besorgen. Aber jetzt schließ die Augen!"

Er tat ihr – und vor allem sich selbst – den Gefallen. Er wusste noch immer nicht, was in sie und auch in ihn selbst gefahren war, aber er war auch zu keinem klaren Gedanken mehr fähig.

Noch spürte er nur ihre Hände. Es war für ihn nicht neu, aber in diesem Fall gab sich Frenchy besonders viel Mühe. Sie streichelte ihn, sie liebkoste ihn, und ihre Hände wechselten sich dabei immer wieder ab. Mason spürte, dass er mittlerweile dicht vor der Explosion stand. Er schrie auf und hob sein Becken an. Es war der reine Wahnsinn.

Auf einmal hörte sie auf.

Es irritierte ihn. Er fragte sich, ob sie diese Pause nur einlegte, um seine »Qualen« zu verlängern.

Er ahnte nicht, dass er in diesem Moment in größter Lebensgefahr schwebte …

Frenchy kniete vor ihm. Sie war starr geworden und ihr Gesicht auf einmal eine ausdruckslose Maske.

Der Befehl war plötzlich in ihrem Hirn.

TÖTE IHN! TÖTE IHN MIT DER NADEL!

Und Frenchy gehorchte.

Sie hob den rechten Arm, und ihre Hand näherte sich ihrem hochgesteckten Haar. Eine Nadel schaute daraus hervor, und der Kopf zeigte das Symbol der Sonne. Frenchy zog die Nadel mit einer schnellen Bewegung aus ihrem Blondhaar.

Sie hielt sie fest.

Stoßbereit.

Ihr Blick richtete sich auf den nackten Körper vor ihr. Dabei konzentrierte sie sich auf die linke Brustseite, denn dort schlug das Herz.

Mason war irritiert, weil Frenchy nicht weitermachte. Er wollte etwas sagen, sie fragen, was los war, und hob den Kopf, um sie dabei anzusehen.

Er sah sie – und er sah die Nadel in ihrer rechten Hand!

Schlagartig wurde er wieder klar im Kopf. Auf einmal war Frenchy von der heißen Geliebten zum nackten Monster geworden, das seine Zähne fletschte und kurz davorstand, ihm eine Mordwaffe direkt ins Herz zu rammen.

Es war nicht zu begreifen, doch Mason dachte auch nicht lange darüber nach. Er hatte keine Zeit zu verlieren, musste sofort handeln. Jede Sekunde des Zögerns konnte sein Ende bedeuten.

„Ja!“, schrie Frenchy und wollte ihm die versilberte Nadel mit aller Kraft in den Leib rammen.

Mason Flint war es gewohnt, selbst in extremen Lagen blitzschnell zu reagieren, ohne langes Nachdenken – und genau das tat er in diesem Moment.

Er zog die Beine an und rammte sie hoch. Frenchy hockte in einer für Mason günstigen Lage, sodass er sie voll erwischte und sie von sich wegkatapultierte.

Sie fiel auf den Rücken, strampelte mit den Beinen, schrie und kam wieder hoch. Die Nadel hielt sie fest. Sie ragte mit der Spitze aus ihrer rechten Faust. Für Mason stand fest, dass seine Freundin so leicht nicht aufgeben würde. Sie wollte seinen Tod, warum auch immer.

Er sprang auf.

Und auch sie kam hoch. Dabei fauchte sie wie eine Katze, stieß mit der Nadel nach dem nackten Mann, der auswich und dann ihren rechten Arm zu fassen bekam, den er sodann herumdrehte.

Sie schrie auf, dann traf Mason sie mit seiner Karatefaust punktgenau an einer bestimmten Stelle am Kopf, und Frenchy erschlaffte in seinem Griff. Er hob sie sich auf die Arme und trug sie zur Couch, auf der er sie niederlegte.

Dann streifte er seinen Bademantel über und ließ sich in einen Sessel fallen. In der Hand hielt er die Hutnadel mit dem Zeichen der Sonne.

Er atmete hektisch und unruhig. Zweimal hatte man in den letzten Stunden versucht, ihn zu töten, zuletzt sogar seine eigene Freundin, was er einfach nicht fassen konnte. Er wusste nicht, was in sie gefahren war. Eine Erklärung dafür gab es für ihn nicht.

Die konnte ihm nur Frenchy geben, doch dazu war sie momentan nicht in der Lage.

Woher hatte sie die verdammte Killernadel? Und warum hatte Frenchy ihn umbringen wollen? Was war passiert? Wer hatte sie dazu angestiftet? Mason konnte einfach nicht glauben, dass sie aus freiem Willen gehandelt hatte. Dafür gab es einfach keinen Grund, mal abgesehen davon, dass sie ihn ebenso liebte wie er sie.

In seinem Mund hatte sich ein galliger Geschmack gebildet. Er stand auf und holte aus dem Kühlschrank eine volle Flasche Wasser, die er fast bis zur Hälfte leerte, bevor er sich wieder setzte.

Sein Gehirn arbeitete auf Hochtouren, während er noch immer über dieses Rätsel brütete. Er ließ das Geschehen noch mal vor seinem geistigen Auge Revue passieren. Aufgefallen war ihm schon etwas: Der Ausdruck in Frenchys Augen war ihm fremd gewesen. Das war nicht mehr der Blick gewesen, den er kannte; er hatte irgendwie abwesend gewirkt. Als hätte Frenchy unter dem Einfluss einer anderen Person gestanden.

Das brachte ihn auf einen erschreckenden Gedanken.

Jemand hatte Frenchy manipuliert …

Hypnose!

Mason saß da und nickte stumm. Für ihn gab es keine andere Erklärung. Zumindest im Moment nicht. Jemand musste Frenchy in seine Gewalt gebracht und hypnotisiert haben.

Er schaute auf Frenchy, die nackt auf der Couch lag. Ihre Augen waren noch immer geschlossen.

Zu fest hatte Mason nicht zugeschlagen. Er ging zu ihr hin und tätschelte leicht ihre Wangen, und plötzlich schlug sie die Augen auf.

„Frenchy ...?“

„Was ... was ist?“, fragte sie verwirrt.

„Alles klar?“

„Ja, ja ...“ Sie blinzelte. „Oder nicht?“

Mason konzentrierte sich auf das Gesicht seiner Freundin und sah am Ausdruck in ihren Augen, dass sie ihn erkannte. Das beruhigte ihn sehr, und ihr schien das aufzufallen, denn sie fragte: „Was ist denn passiert?“

„Weißt du es nicht?“

„Nein.“ Sie schaute an sich herab und sagte erstaunt: „Meine Güte, ich bin ja nackt.“

„Stimmt.“ Er lächelte und öffnete seinen Bademantel. „Ich ebenfalls.“

Frenchy überlegte. „Und wieso? Hatten wir was vor?“

Mason fand die Frage alles andere als amüsant. Er runzelte die Stirn und sagte: „Du weißt wirklich nicht, was passiert ist?“

„Nein.“

Er zeigte ihr die Nadel. „Kennst du sie?“

„Ist das eine der Nadeln, mit denen man diese blutleeren Typen umgebracht hat.“

„Mit der hier wahrscheinlich noch nicht.“ Er legte die Nadel zur Seite. „Du hast hier in der Wohnung auf mich gewartet, Frenchy.“

„Ja, das habe ich.“

„Die ganze Zeit über?"

„Aber sicher."

„Du hast sie also nicht verlassen?"

„So ist es."

„Okay, Frenchy, das wollte ich nur wissen." Und er wusste inzwischen noch mehr: Seine Theorie hatte sich bestätigt. Es stand für ihn fest, dass Frenchy hypnotisiert worden war, und er war sich zudem sicher, dass sie noch immer im Bann der Hypnose stand, auch wenn es ihr im Moment nicht anzumerken war.

Wer immer seine Gegner waren, sie wussten mittlerweile, dass er ihnen auf der Spur war. Sie wussten sogar sehr gut über ihn Bescheid, sonst hätten sie sich nicht Frenchy geschnappt, um ihn aus dem Weg zu schaffen. Doch das war ein Schuss in den Ofen gewesen.

Frenchy setzte sich auf und zog die Schultern hoch. „Ich friere, Mason. Kann ich eine Decke haben?"

„Okay, ich hol dir eine." Er stand auf und betrat sein Schlafzimmer, das wesentlich kleiner war als der Wohnraum.

Einige Decken lagen gefaltet in einem Seitenfach. Mason prüfte den Stoff und zog die wärmste hervor. Danach drückte er den Schrank wieder zu.

Was mit Frenchy passiert war, beschäftigte ihn auch weiterhin. Sie stand noch immer unter Hypnose, und wenn er darüber nachdachte, kam ihm immer wieder ein bestimmter Name in den Sinn: Dorry …

Mason wusste nicht viel über diese Frau, aber wenn sie etwas mit den Hutnadelmorden zu tun hatte, dann wusste sie wahrscheinlich, dass er hinter ihr her war. Als sich ihre Blicke vor dem NIGHTWATCH begegneten, war etwas geschehen, das er noch immer nicht erklären konnte. Das war mehr gewesen als ein normaler Blickkontakt, da war irgendetwas auf mentaler Ebene abgelaufen.

Dieser Frau traute er durchaus zu, dass sie auch die Kunst der Hypnose beherrschte. Immerhin schien sie eine Meisterin zu sein, wenn es darum ging, ihre gesamte Umgebung zu manipulieren und in den Bann zu schlagen.

Flint wollte sein Wohnzimmer wieder betreten, als dort das Telefon anschlug. Statt hinzugehen und abzunehmen, wartete er ab, ob Frenchy das tun würde. Er hatte einen seltsamen Verdacht und war gespannt, ob der bestätigt werden würde.

Tatsächlich nahm Frenchy den Anruf entgegen. „Ja, bitte?"

Auf leisen Sohlen schlich er zur Tür zum Wohnraum, die nur angelehnt war. Er lugte durch den Spalt und sah den nackten Rücken seiner Lebensgefährtin. Er hörte auch, was sie sagte, aber das war nur ein Wort, das sie mehrmals wiederholte und das „Ja" lautete.

Als sie auflegte, betrat Mason das Zimmer. „Wer war es denn?", erkundigte er sich.

Sie drehte ihm das Gesicht zu. „Nichts wirklich Besonderes. Nur ein Spinner."

„Und?" Er gab ihr die Decke, in die sich Frenchy einwickelte.

„Nichts und."

„Hat der Anrufer nichts gesagt?"

„Nein."

„Oder war es ... eine Frau?"

Frenchys Augen weiteten sich. „Wie kommst du denn darauf?"

Er lächelte und sagte: „Hätte ja sein können."

„Du hast also eine neue Freundin?"

„Das habe ich nicht gesagt."

Frenchy schüttelte unwillig den Kopf. „Ich werde jetzt in die Küche gehen und mir etwas zu trinken holen."

„Tu das."

Sie ging an ihm vorbei, und Mason registrierte den abwesenden Ausdruck in ihren Augen. Sie befand sich in einem Zustand, den er nicht einschätzen konnte. Das konnte durchaus mit diesem Anruf in Verbindung stehen; möglicherweise hatte man ihr eine Botschaft übermittelt.

Sie verschwand in der Küche, und Mason blieb nachdenklich im Wohnzimmer zurück. Eine unbekannte Macht bedrohte ihn, trachtete ihm nach dem Leben. Er wusste nicht, wer dahintersteckte. War es wirklich Dorry? War sie die treibende Kraft – oder nur ein kleines Rädchen im Getriebe? Es war alles möglich, und es wurde Zeit, dass er endlich den Durchblick bekam. Dabei konnte ihm vielleicht die Hutnadel helfen, die ihn fast das Leben gekostet hätte.

Frenchy befand sich noch immer in der Küche.

Was machte sie dort so lange? Sie hatte doch nur

etwas trinken wollen? Jetzt fiel ihm ein, dass er zuvor eine Wasserflasche aus dem Kühlschrank genommen und ins Wohnzimmer gebracht hatte. Sie stand auf dem Tisch. Wenn Frenchy wirklich etwas hätte trinken wollen, hätte sie einfach nur die Flasche nehmen müssen.

Plötzlich schrillten alle Alarmsirenen in ihm. Seine Freundin Frenchy war nicht mehr dieselbe. Sie hatte sich verändert.

Mason setzte sich in Bewegung, lief zur Küche und wunderte sich darüber, dass die Tür geschlossen war. Er stieß sie nach innen und sah Frenchy.

Aber er sah auch das riesige Fleischermesser in ihrer Hand. Sie hatte es aus dem Block gezogen und hielt es so, dass sie sich die Klinge jeden Moment in die Kehle stoßen konnte …

Mason Flint zögerte nicht länger, sondern warf sich aus dem Stand nach vorn. Es war ein Hechtsprung und zugleich eine Verzweiflungstat.

Immer wieder regen sich Frauen – und hin und wieder auch Männer – darüber auf, dass ihre Küche zu klein ist. Mason Flint allerdings konnte in dieser Situation froh sein, dass seine Küche nicht allzu groß war, sodass er es mit einem Sprung von der Tür bis zu seiner Freundin schaffte.

Sie stieß das Messer in Richtung ihrer Kehle, doch Masons Handkante schnitt wie eine Sense durch die Luft, traf die Messerhand seiner Freundin dicht über dem Knöchel.

Jemand schrie.

Mason wusste nicht, ob er oder Frenchy den Schrei ausgestoßen hatte. Es war auch egal, nur das verdammte Messer war wichtig – es musste weg!

Frenchy konnte es nicht mehr halten. Es wurde ihr aus den Fingern geprellt, landete mit einem hellen Klirren auf dem Rand der metallenen Spüle und rutschte von dort in das Becken.

Mason wuchtete Frenchy mit einer harten Bewegung zur Seite, sodass sie mit der Schulter gegen den Schrank prallte. Sie schrie auf, duckte sich und sah aus, als wollte sie ihn angreifen.

Doch dann verschwand der stiere Blick aus ihren Augen. Sie kam aus der geduckten Haltung wieder hoch, machte aber keinerlei Anstalten, erneut nach dem Messer zu greifen. Stattdessen schüttelte sie den Kopf und fragte ihren Freund: „Was ist los? Was schaust du so?"

„Na ja ..."

„Weil ich nackt bin, oder?"

„Das auch."

Sie lachte. „In der Küche. Stark. Wolltest du es hier mit mir treiben? Hast du mich deshalb hergelockt?"

Offenbar konnte sich Frenchy an nichts erinnern. Für Mason stand aber ebenso fest, dass sie weiterhin manipuliert wurde und er sich vorsehen musste.

Frenchy gab sich leicht verlegen. Dann sah sie das Messer in der Spüle, richtete den Blick darauf, und Mason war sofort alarmiert.

Doch Frenchy fragte nur ganz unschuldig: „Wie

kommt das Messer dorthin, Mason?"

„Keine Ahnung. Muss mir wohl aus der Hand gerutscht sein."

Frenchy griff nach dem Messer, und Mason erschrak. Doch sie steckte die Klinge einfach nur zurück in den Messerblock.

Mason hatte sie genau beobachtet. Er atmete auf. Er wusste, dass es keinen Sinn hatte, weitere Fragen zu stellen; sie würde sich an nichts erinnern können.

Frenchy fasste nach ihrer rechten Schulter, mit der sie gegen den Schrank geprallt war.

Bevor sie eine Frage stellen konnte, sagte Mason Flint: „Du hast dich gestoßen, Frenchy."

„Ach ja?"

Er nickte.

„Sorry, daran kann ich mich nicht erinnern."

„An was erinnerst du dich überhaupt?"

Sie schüttelte den Kopf. „Warum fragst du das?"

„Ach, nur so ..."

„Nein, nein, da steckt doch etwas dahinter?"

„Nichts, Frenchy, nichts." Er streichelte ihr zärtlich übers Gesicht. „Ich denke, dass es spät genug ist. Wir sollten zu Bett gehen."

Sie antwortete nicht und zog die Stirn kraus. Dann lächelte sie etwas schief. „Es ist schon komisch, Mason. Ich ... ich hab den Eindruck, als hätte ich etwas versäumt."

„Wieso?"

„Da ist ein Loch. Zeitlich, meine ich." Sie sah ihn

fast fordernd an. „Kannst du mir das erklären?“

„Nein, tut mir leid …“

Sie blies die Luft aus. „Ich habe den Eindruck, als würde mir ein Teil des Abends fehlen. Komisch, nicht?“ Sie bewegte hastig die Hände in der Luft und lachte etwas schrill. „Du kannst darüber den Kopf schütteln, aber es ist so. War ich den ganzen Abend über hier?“

„Du hast dich nicht wohlgefühlt.“

„Das stimmt schon, aber …“

Mason wollte jetzt nicht über bestimmte Dinge reden und sagte deshalb: „Da bist du dann eingeschlafen. Das war das Beste, was dir passieren konnte. Hast das Virus wohl ausgeschwitzt oder so. Das, nehme ich an, ist passiert.“

Er sah an ihrem zweifelnden Blick, dass sie ihm das nicht ganz abkaufte.

„Ich bin müde“, lenkte er vom Thema ab. „Morgen fahren wir zu einem Bekannten von mir.“

„Wieso?“

„Der wird dich untersuchen. Vielleicht hast du etwas in dir, das noch nicht ganz verschwunden ist. Wir sollten auf Nummer sicher gehen.“

„Ja, wenn du meinst …“

Er war erleichtert, dass Frenchy so reagierte. Sie hatte auch nichts dagegen, zu Bett zu gehen, und schließlich lagen sie gemeinsam unter der Decke.

Sie fasste nach Masons Hand und flüsterte: „Das war eine gute Idee. Ich bin noch immer müde.“

„Dann schlaf dich aus.“

„Ja …“ Und schon fielen ihr die Augen zu.

Für Mason stand fest, dass sie noch immer unter Hypnose stand. Sie wurde manipuliert, und sie konnte jederzeit einen neuen Mordbefehl erhalten. Das konnte er nicht verhindern, aber er konnte dafür sorgen, dass Frenchy in dieser Nacht nicht mehr zur Gefahr für ihn oder sich selbst wurde.

Er stand auf und holte seine Handschellen, um Frenchy damit ans Bett zu ketten. Sicher war sicher.

Frenchy merkte nichts davon. Er würde ihr die Handschellen abnehmen, bevor sie erwachte.

Sie schlief tief und fest, doch Masons Gedanken drehten sich um das, was vor ihm lag. Er würde am frühen Morgen Dr. Richards anrufen. Er war nicht nur ein Bekannter von ihm, sondern auch ein guter Neurologe und ein Fachmann auf dem Gebiet der Hypnose. Er hoffte, dass er Frenchy von diesem verdammten Fluch befreien konnte, um dann endlich zu erfahren, was ihr am Abend widerfahren war …

10

Durch die großen Fenster des Hausflurs fiel Masons Blick auf Buckingham Palace. Dennoch nahm er ihn nicht richtig wahr, denn in Gedanken war er bei den Ereignissen der letzten Stunde. Er hatte sein Vorhaben in die Tat umgesetzt und war mir Frenchy zu Dr. Richards gefahren.

Er war an Frenchys Seite geblieben, während sich der Arzt mit ihr beschäftigt hatte, und dem Fachmann war es schließlich tatsächlich gelungen, den hypnotischen Bann, unter dem sie stand, zu lösen. Plötzlich hatte sich Frenchy auch an alles erinnern können.

Die Worte waren nur so aus ihr herausgesprudelt, als wäre sie froh, endlich alles loswerden zu können. Sie erzählte von dem unheimlichen Bentley-Fahrer, von dem Hausboot und auch von der geheimnisvollen Frau, die tatsächlich Doriana Gray hieß.

Jetzt wusste Mason also, woher die Gegenseite die Informationen über ihn hatte und aus welcher Richtung die Angriffe kamen.

Doriana Gray!

Er flüsterte den Namen einige Male vor sich hin und nickte dabei. Für ihn war sie die Hauptspur zum Täter, falls sie nicht selbst diese schrecklichen Morde begangen hatte.

Die Aufklärung des Falls rückte näher.

Hinter seinem Rücken fiel eine Tür zu. Er drehte sich um und sah, dass Frenchy die Damentoilette verlassen hatte. Sie hatte sich ein wenig frisch gemacht und neues Make-up aufgelegt. Dennoch wirkte ihr Lächeln leicht gezwungen.

„Na, da bist du ja wieder."

„Und jetzt?", fragte sie leicht ängstlich.

Er legte ihr einen Arm um die Schultern. „Jetzt werden wir frühstücken. Ist das okay?"

„Ja, das ist eine gute Idee."

„Gut, dann komm."

Beide verließen das alte Haus in der Nähe des Buckingham Palace, in dem einige Ärzte ihre Praxen und Anwälte ihre Kanzleien hatten. Im Eingangsbereich standen zwei Doormen in dunklen Anzügen, die jeden Besucher genau musterten, bevor sie ihn bis zur Anmeldung durchließen.

Auf der Straße hakte sich Frenchy bei Mason Flint ein. „Mir ist noch immer so komisch."

„Wie meinst du das?", fragte er besorgt.

„Ich kann es schlecht erklären. Es ist, als würde ich neben mir selbst stehen, und ich fühle mich irgendwie leer. Tut mir leid, aber anders kann ich es nicht ausdrücken."

„Vielleicht weckt ein Kaffee deine Lebensgeister." Er nickte zur Seite hin zur Glastür eines kleinen Cafés, in dem Spezialitäten aus Wien angeboten wurden.

Wenig später saßen sie an einem der runden dunkelbraunen Holztische. Die Stühle waren nicht besonders bequem.

Mason bestellte zwei normale Tassen Kaffee, für sich drei kleine Croissants und ein kleines Glas mit Pfirsichkonfitüre, und Frenchy wollte ein Schokocroissant.

Sie sprachen nicht. Hin und wieder aber schauten sie sich in die Augen, und Mason lächelte jedes Mal, weil er seiner Freundin Mut machen wollte.

Die hielt es irgendwann nicht mehr aus und fragte: „Wie geht es weiter? Wie hast du dir das vorgestellt, Mason?"

Flint tupfte sich mit der Serviette über die Lippen. „Es liegt eigentlich auf der Hand."

„Bitte, klär mich auf."

„Sicher." Er legte die Serviette weg. „Du kannst dich daran erinnern, was du bei Dr. Richard alles erzählt hast?"

„Sicher kann ich das."

„Und genau da will ich einhaken. Ich werde zu diesem Hausboot fahren und einer gewissen Doriana Gray einen Besuch abstatten, wobei ich hoffe, dass ich sie dort auch antreffen werde. Du hast mir einiges über sie erzählt, aber längst nicht alles, denke ich. Deshalb möchte ich mir gern ein Bild von ihr machen."

„Glaubst du, sie ist eine mehrfache Mörderin?"

„Kann sein. Alles ist möglich. Aber ich werde nicht mit großer Mannschaft hinfahren, sondern zunächst ..."

Das Dudeln seines Handys schnitt ihm das Wort ab. Er holte es hervor, schaute auf das Display und sah dort einen Namen angegeben, weil er den Anrufer im Speicher hatte – ein Name, der Mason nicht eben in Begeisterung versetzte.

Er betätigte die Annahmetaste und hielt sich das Gerät ans Ohr. „Hello, Sir."

„Wo erreiche ich Sie gerade, Mason?", fragte Chief

Superintendent Martin Curtis, ohne vorher zu grüßen.

„Beim Frühstück."

„Dann beenden Sie es so schnell wie möglich, und kommen Sie zu mir."

„Das hört sich dringend an. Gibt es etwas Besonderes?"

„Ja, eine Beschwerde und den toten Chauffeur einer US-Botschaft. Aber darüber reden wir später. Ich warte auf Sie."

Curtis legte auf, und Flint verdrehte genervt die Augen. Dann steckte er den flachen Apparat wieder weg.

„Dein Chef?", fragte Frenchy.

„Ja", bestätigte Mason. „Und ich muss sofort zu ihm."

„Und das Hausboot?"

„Darum kümmere ich mich später."

„Okay, dann werde ich …"

„… nicht in die Agentur fahren", unterbrach er sie. „Nimm dir Urlaub oder was auch immer."

„Aber ich …"

Er unterbrach sie erneut: „Ich werde dich bei mir zu Hause vorbeibringen."

„Und dort warte ich auf dich?"

„Genau."

„Gut." Frenchy senkte den Kopf und murmelte: „Aber lange möchte ich nicht allein bleiben, wenn du verstehst …"

„Das musst du auch nicht."

„Dann ist es gut."

Man sah Martin Curtis nur selten an, wenn etwas nicht so lief, wie er es sich vorstellte. Dafür war er zu souverän. Als Mason jedoch an diesem Morgen sein Büro betrat, machte der Chief Superintendent eine Miene, als hätte man ihn mit Zitronen gefüttert.

„Setzen Sie sich, Mason!", knurrte er.

„Okay. Was gibt's?"

Curtis' Mundwinkel sackten noch weiter nach unten. „Ärger. Oder anders ausgedrückt: leichte diplomatische Verwirrungen. Ich wurde von so einem Bürohengst aus der amerikanischen Botschaft angerufen. Der Mann heißt Simon Hill und ist dort Attaché. Man möchte Sie so schnell wie möglich sehen, um gewisse Dinge klarzustellen. Ich finde, dass wir den Amerikanern den Gefallen tun können, deshalb habe ich Sie bereits avisiert. Über Einzelheiten wurde ich nicht informiert, obwohl ich nachgefragt habe. Es geht angeblich nur Sie etwas an. Das muss ich akzeptieren."

„Ist klar."

„Aber unter uns, Mason: Ich kann mir vorstellen, dass es um den verdammten Hutnadelfall geht."

Mason verzog das Gesicht und nickte. „Ja, darauf können Sie wetten."

„Und? Gibt es was Neues? Wir müssen diesen Fall endlich abschließen, Mason. Ich stehe unter Druck."

Flint hätte schon einiges zur Sache erzählen können, doch er hielt sich zurück und hob nur die Schultern.

Curtis winkte verärgert ab und knurrte: „Nun, Mason, dann setzen Sie sich so schnell wie möglich in Bewegung. Hören Sie sich an, was die Cowboys von Ihnen wollen. Anschließend erwarte ich Ihren Bericht."

„Geht in Ordnung." Flint stand auf.

„Ach ja", sagte Curtis und hob mahnend den Zeigefinger, „noch etwas: Lassen Sie sich von unseren Freunden nicht einseifen. Das haben wir nicht nötig."

„Sie sagen es, Martin. Bis später dann ..."

Mason Flint wurde bereits erwartet. Die routinemäßigen Sicherheitskontrollen konnte er rasch hinter sich bringen. Anschließend führte ihn ein Uniformierter zu einem Lift, der sie in die zweite Etage brachte. Wie ein Zinnsoldat stand der Mann in der Aufzugskabine neben Mason und schaute stur geradeaus.

Danach schritten sie durch einen langen Flur und blieben schließlich vor einer dicken Holztür stehen. Durch eine Klingel wurde der Besuch angemeldet, und Simon Hill persönlich öffnete.

„Treten Sie ein, Mr. Flint. Ich freue mich, dass Sie so schnell kommen konnten."

Mason erwiderte nichts darauf. Simon Hill war ein typischer Amerikaner. Er gab sich leutselig, jovial. Doch davon durfte man sich nicht täuschen lassen. Er wusste mit Sicherheit genau, was er wollte, und ebenso sicher wusste er auch, wie er es bekam.

Ihm stand ein großes Büro zur Verfügung inklusive Sitzecke mit Polstermöbel.

„Bitte nehmen Sie Platz, Mr. Flint."

„Danke."

Eine junge Frau kam aus einem Nebenraum und brachte Gläser und zwei Flaschen Mineralwasser. Den angebotenen Kaffee lehnte Flint ab, das Wasser nahm er gern.

„Ja", begann Hill, „es sind gewisse Dinge passiert, die ich gern klarstellen möchte, bevor sie an die Öffentlichkeit gelangen und die Medien irgendwelche Gerüchte oder Halbwahrheiten verbreiten."

„Ich bin für jede Art von Aufklärung dankbar", entgegnete Mason.

Hill nickte. „Wir sollten uns gegenseitig unterstützen, wenn es Probleme gibt."

„Nun, mein Problem sind sechs bisher ungeklärte Morde."

Simon Hill schaute Mason leicht betrübt an. „Ja, das ist schlimm. Wir sind darüber informiert. Allerdings gab es noch einen Toten, und der arbeitete bei uns als Chauffeur."

„Er fuhr einen Bentley."

„Genau um den geht es."

„Noch vor kurzer Zeit stritt Ihre Botschaft ab, einen Bentley überhaupt im Fuhrpark zu haben."

Simon Hill presste die Lippen zusammen und zeigte trotzdem ein säuerliches Lächeln. Dann nahm er einen Schluck Wasser und gab zu: „Da haben Sie einen wunden Punkt getroffen."

„Was meinen Sie damit?"

„Wir haben zu einer kleinen Notlüge gegriffen."

„Aha. Und warum?"

Hill lehnte sich zurück. „Der Mann hieß Goran und war rumänischer Abstammung. Er fungierte als Fahrer, und wir waren mit ihm sehr zufrieden."

„Aber er hing in diesen Morden, die ich aufzuklären habe, irgendwie mit drin. Davon bin ich überzeugt. Sechsfacher Mord, Mr. Hill. Das ist kein Kinderkram, das werden Sie zugeben."

„Das ist mir klar, Mr. Flint. Und wie uns zu Ohren kam, wurden alle sechs Opfer blutleer aufgefunden. Als wir das erfuhren, wurden wir gleich hellhörig."

Mason hob die Augenbrauen und schaute Hill verwundert an. „Warum?"

Hill schaute auf einen Schnellhefter, der vor ihm auf dem Tisch lag, nahm ihn aber nicht zur Hand, sondern hob den Blick wieder und richtete ihn gegen die mit Holz getäfelte Decke. „Dieses Haus ist sehr alt", sagte er. „Fast schon ein historisches Gebäude." Er schaute Mason an. „Vor etwas mehr als hundert Jahren hatten wir eine Mitarbeiterin. Sie hieß Doriana Gray."

„Doriana Gray!", wiederholte Mason perplex.

Hill nickte. „Ja, Mr. Flint. Doriana Gray. Sie geriet damals in den Verdacht, einen Mord verübt zu haben, konnte sich jedoch der Festnahme entziehen und verschwand danach."

Mason runzelte die Stirn. „Aber … was hat das mit den blutleeren Leichen zu tun?", fragte er.

„Ganz einfach", erwiderte Simon Hill. „Auch in der Leiche des Mannes, den sie ermordet haben soll, befand sich kein Tropfen Blut mehr."

Mason staunte nicht schlecht. Diese Neuigkeit musste er erst einmal verdauen, und erneut hallte ein Wort in seinen Gehirnwindungen wider: Vampir!

Simon Hill verzog die Lippen zu einem unechten Lächeln. „Wir möchten natürlich mit Ihnen kooperieren, falls es uns möglich ist."

„Und wie soll diese Zusammenarbeit aussehen?"

Hill schlug den Schnellhefter auf. Darin lagen ein vergilbtes, handbeschriebenes Blatt Papier und ein uraltes Foto.

„Diese Aufnahme", erklärte der Attaché, „zeigt eine Gruppe von Mitarbeitern, die vor über hundert Jahren hier in der Botschaft angestellt waren, unter ihnen auch benannte Doriana Gray. Bitte, schauen Sie sich das Bild genau an, Mr. Flint."

„Danke." Mason nahm es entgegen. Die Aufnahme war natürlich vergilbt und hatte auch ansonsten dem Zahn der Zeit Tribut zollen müssen. Dennoch waren die Gesichter der Männer und Frauen recht gut zu erkennen.

Mason zuckte zusammen und hoffte, dass Hill es nicht mitbekam. Eine der Frauen auf dem Foto war tatsächlich Doriana Gray. Und zwar *die* Doriana Gray, die er kannte – Dorry aus dem NIGHTWATCH. Sie trug sogar das Kleid, das Frenchy ihm beschrieben hatte.

Für einen Moment hatte Mason das Gefühl, in den Boden zu rutschen. Mit Mühe riss er sich zusammen und versuchte, nichts von seinen Gefühlen nach außen dringen zu lassen. Er hoffte inständig, dass es ihm irgendwie gelang.

„Und, Mr. Flint?“, fragte Simon Hill.

Mason atmete tief durch, dann zuckte ein schwaches Lächeln um seine Lippen. „Eine interessante Aufnahme, fürwahr.“

„Hilft sie Ihnen weiter?“

Mason legte die Fotografie wieder in die aufgeschlagene Mappe. „Nein, das leider nicht. Und ich bin auch nicht auf der Suche nach einer Mörderin, die vor hundert Jahren gelebt hat. Ich suche einen Killer, der hier und heute sein Unwesen treibt.“

„Genau. Dann gibt es wohl keine Unklarheiten mehr zwischen uns.“

„Da bin ich mir nicht so sicher“, meinte Mason. „Ein paar Fragen hätte ich dennoch.“

Simon Hills Lächeln verrutschte für einen Moment, dann hatte er sich wieder gefangen und sagte: „Bitte.“

„Kennen Sie eine Frau mit dem Namen oder Spitznamen Dorry?“

Hill runzelte die Stirn. „Nein“, behauptete er nach einer Weile. „Ich … ähm … mir sagt der Name nichts. Wirklich nicht.“

„Das ist schade.“

„Ist das denn wichtig?“

„Goran Simincu hat diese Dorry hin und wieder chauffiert. Und immerhin hat er versucht, mich umzulegen.“

Simon Hill lächelte süffisant. „Bitte, Mr. Flint. Dieser Mann war bei uns nur als Fahrer eingestellt. Ich kann mich wirklich nicht um das Privatleben jedes Mitarbeiters kümmern. Es sei denn, es würde sich herausstellen, dass er Informationen an einen fremden Geheimdienst weitergibt, aber das war bei Mr. Simincu wohl nicht der Fall.“ Er schaute Mason einen Moment lang abwartend an, dann fragte er: „Und mehr haben Sie nicht auf dem Herzen?“

„Na ja“, sagte Mason, „es würde mich natürlich schon interessieren, warum man zunächst behauptet hat, die Botschaft würde über keinen Bentley verfügen. Immerhin war das eine Nachfrage von Scotland Yard, und man hätte sich denken können, dass wir nicht nur zum Spaß nachfragen.“

Hill hob bedauernd die Schultern. „Verstehen Sie doch – wir wollten nicht, dass die US-Vertretung oder gar der Botschafter in irgendeinen Kriminalfall hineingezogen wird. Wenn die Presse von so etwas Wind bekommt, wird die Sache schnell aufgebauscht.“

„Hm“, machte Mason nur. So ganz kaufte er das Hill nicht ab; es klang zu sehr nach einer faulen Ausrede.

Simon Hill stand auf und reichte Mason die Hand. „Es freut mich jedenfalls, dass wir alle Missverständnisse aus der Welt schaffen konnten. Es geht doch nichts über ein Vieraugengespräch.“

Mason Flint war klar, dass Hill damit andeuten wollte, dass er entlassen war. Er bat Hill jedoch noch, Goran Simincus Personalakte und alle Unterlagen, die mit der ehemaligen Botschaftsangehörigen Doriana Gray in Verbindung standen, an Scotland Yard weiterzuleiten.

Hill versprach zu tun, was in seiner Macht lag – was

eine mehr als unverbindliche Aussage war.

Unzufrieden verließ Mason Flint die Botschaft. Er hatte seinen Wagen ganz in der Nähe abstellen können. Nachdem er hinter dem Lenkrad Platz genommen hatte, gönnte er sich einige Minuten, um nachzudenken. Das Foto wollte ihm nicht aus dem Kopf. Er hatte darauf diese Dorry oder Doriana Gray deutlich erkannt.

Aber das war nicht möglich. Sie konnte nicht einund dieselbe Person sein.

Oder doch?

Er sah wieder die Toten vor sich. Und er dachte vor allem an die Bissmale an ihren Hälsen, zwei nebeneinanderliegende Einstiche, leicht gerötet.

Er hatte genug über Vampire gelesen und entsprechende Filme gesehen, um sie mit diesen Bisswunden in Verbindung zu bringen. Außerdem waren die Toten blutleer gewesen.

Hatte er es tatsächlich mit Vampiren zu tun?

Vampire in London?

Aber es gab keine Vampire, sagte er sich erneut. Das waren nur uralte Legenden.

Doch der nächste Gedanke ließ erneut Zweifel in ihm aufsteigen. Vampire konnten ewig leben. Da spielten auch hundert Jahre und mehr keine Rolle.

„Verdammt, wo lande ich?“, flüsterte er vor sich hin. „Ich bin Polizist und kein Vampirjäger wie dieser Van Helsing aus den Dracula-Filmen.“

Doch die Vampirtheorie wollte ihm nicht aus dem Kopf. Und auch das Gesicht dieser Dorry oder Doriana Gray hatte sich darin festgesetzt. War sie die Mörderin?

Mason schlug frustriert mit der flachen Hand auf den Lenkradkranz. Wer konnte ihm helfen, dieser Spur nachzugehen? Ihm stand ein mächtiger Polizeiapparat zur Verfügung, doch der brachte ihn diesmal nicht weiter. Er musste umdenken und …

Da kam ihm Frenchy Davies in den Sinn.

Es war gut, dass sie in seiner Wohnung auf ihn wartete, nur hoffte er, dass ihr in der Zwischenzeit nichts zugestoßen war.

Mit diesem Gedanken startete er den Jaguar …

11

Vergangenheit

Doriana starrte auf das Gemälde – und sah sich selbst. Nur hatte sie auf dem Bild Vampirzähne, und das entsetzte sie zutiefst.

Das verdammte Gemälde stand auf einer Staffelei und war unter dem Tuch verborgen gewesen. Doch jetzt sah sie es in all seiner abschreckenden Schönheit.

„Das bin ich …" Doriana sprach die Worte eher unbewusst aus, doch hörte sie deutlich das Lachen, das als Reaktion darauf unter der Maske des Unheimlichen hervordrang.

Dann griff er sich mit seiner langfingrigen rechten Hand an den Kopf – und zerrte sich die Maske ab.

Zum Vorschein kam ein derbes Männergesicht mit großen, leicht hervorquellenden Augen.

Den Mann hatte Doriana noch nie gesehen, und trotzdem wusste sie aus irgendeinem Grund, wen sie da vor sich hatte: Kincaid, den berühmt-berüchtigten Maler!

Kincaid malte am liebsten Leichen, so jedenfalls erzählte man sich.

Keiner wusste den genauen Grund dafür, aber man erzählte sich wahre Schauergeschichten über diesen Mann. Manche behaupteten sogar, dass Kincaid die Menschen, die er malte, zuvor eigenhändig umbrachte.

Und jetzt hat er mich gemalt!, dachte Doriana. Aber ich bin nicht tot. Mich hat er lebend gemalt. Nur eben mit den beiden Vampirzähnen!

„Du weißt, wer ich bin“, begann der Maler, und seine Stimme erinnerte an das Knurren eines wilden Tieres. „Mehrere Tage lang warst du bewusstlos, und ich hatte Zeit, dich zu malen. Und ich habe dich so gemalt, wie du sein wirst.“

Doriana erschrak. War sie wirklich tagelang bewusstlos gewesen? Sie hatte nichts davon gemerkt. Außerdem konnte das nicht stimmen. Sie wäre verhungert, zumindest verdurstet. Es sei denn, sie hatte sich in einer Art Halbtrance befunden, in einem Hypnosezustand, an den sie sich jedoch nicht erinnern konnte.

Und noch etwas entsetzte sie, denn sie wusste, was Kincaids Worte zu bedeuten hatten. Aber sie wollte es nicht wahrhaben. Sie weigerte sich einfach, die Aussage dieses Ungeheuers als Realität anzusehen.

„Ich soll so sein?“, hauchte sie.

„Ja!“

„Ich – eine Vampirin?“

„Ja.“

„Aber ... aber das ... das geht nicht. Ich ...“

Kincaid ließ sie nicht ausreden. „Ich weiß, dass du eine Hexe bist, Doriana Gray. Die Nachfolgerin von Mother Shipton, eurer Anführerin. Ich hasse euch Hexen, denn zu meinen Lebzeiten habt ihr mich aus eurem Kreis ausgeschlossen. Dafür will ich Rache.“ Er lachte rau auf, dann fuhr er fort: „Wir werden sehen, ob sich eine Hexe auch als Blutsaugerin eignet. Das möchte ich herausfinden.“

Doriana erschrak bis ins Mark. Sie spürte die verdammten Fesseln an ihren Händen. Sie würde sich nicht wehren können, wenn dieser unheimliche Mann tat, was immer er auch vorhaben mochte.

Er trat auf sie zu, erreichte sie mit einem langen Schritt, riss sie hoch und wuchtete sie gegen die Wand.

Doriana schrie, denn als Kincaid sein breites Maul aufriss, erkannte sie, wer – oder vielmehr *was* – er in Wirklichkeit war.

Sein weit geöffneter Mund schwebte ganz dicht vor ihr, und aus dem Oberkiefer ragten zwei leicht gekrümmte Blutzähne.

Kincaid war ein Vampir!

Ein Wesen, das sich von Menschenblut ernährte.

So weit kam sie noch mit ihren Gedanken – dann biss Kincaid zu!

Er trieb seine Zähne tief in ihren Hals, das helle Blut sprudelte hervor, und er saugte es auf, bis sich kein Tropfen mehr in Dorianas Leib befand …

* * *

Gegenwart

Manchmal kann eine Wohnung zum Gefängnis werden. Dieses Gefühl hatte jedenfalls Frenchy Davies, obwohl sie sich in den vier Wänden ihres Freundes stets recht wohl gefühlt hatte; sie waren praktisch zu ihrem zweiten Zuhause geworden.

An diesem Tag war das anders. Da hatte sie den Eindruck, eingeschlossen zu sein und dass ihr die Decke auf den Kopf fiel. Lange würde sie das nicht mehr aushalten.

Sie hätte ihren Freund anrufen können, um mit ihm zu reden, doch sie wollte ihn nicht stören.

Das Kribbeln in ihr nahm zu. Was sie auch tat, auch wenn sie den Raum wechselte, das Gefühl blieb gleich. Diese Wohnung war für sie zum Gefängnis geworden, und darin hielt sie es einfach nicht länger aus.

Sie brauchte nur nach draußen zu gehen, dann war sie frei. Irgendwo etwas trinken, sich ein paar Schaufenster anschauen, vielleicht auch ein wenig shoppen.

Frenchy entschloss sich, genau das zu tun. Vor dem Spiegel im Flur blieb sie noch einmal kurz stehen und betrachtete sich darin. Sie sah an diesem Tag nicht besonders gut aus, das gab sie sich selbst gegenüber zu. Die vergangene Nacht hatte ihre Spuren hinterlassen, und auch der Morgen war nicht eben toll gewesen. Ein wenig Abwechslung konnte deshalb nicht schaden.

Sie streifte die leichte Lederjacke über und verließ das Haus. Auf der Straße sog sie die frische Luft in ihre Lungen und genoss es, dass ihr der milde Wind übers Gesicht und durch die Haare strich.

Sie schlenderte umher, freute sich sogar über das schöne Wetter, suchte eine Passage mit Geschäften auf und betrachtete die Auslagen in den Schaufenstern.

Bei einem Italiener hielt sie länger an und studierte die Speisekarte. Dabei verspürte sie ein leichtes Hungergefühl, also betrat sie das kleine Restaurant, bestellte ein Glas Wein und noch eine kleine Flasche Wasser dazu, bevor sie sich schließlich für einen kleinen Insalata mista entschied.

Außer ihr gab es noch zwei andere Gäste. Beide saßen an einem Tisch und unterhielten sich leise miteinander. Sie störten die Frau nicht, deren Gedanken sich um eine bestimmte Person drehten.

Doriana Gray wollte ihr nicht aus dem Kopf. Sosehr sie auch versuchte, sich davon zu befreien und an andere, an angenehme Dinge zu denken, es gelang ihr einfach nicht. Immer wieder tauchte diese Frau mit dem blassen schönen Gesicht und der altmodischen Kleidung vor ihrem inneren Auge auf, als wollte sie Frenchys weiteres Leben bestimmen.

Sie aß, trank ihr Glas Wein leer, dann zahlte sie, stand auf und tauchte wenig später in der Passage im Strom der Menschen unter. Sie gab sich selbst gegenüber zu, dass ihr der Ausflug nicht viel gebracht hatte, aber sie würde sich nun in der Wohnung nicht mehr wie eine Gefangene fühlen, und darum war es ihr schließlich gegangen.

Frenchy ging nicht schnell, sondern ließ sich treiben. Die Hände hatte sie in die Seitentaschen der Lederjacke versenkt. In Gedanken schlenderte sie dahin – und erschrak, als sie hinter sich ein schweres Atmen und Keuchen hörte.

Sie blieb stehen und drehte sich um.

Vor ihr stand eine alte Frau, die ebenfalls nicht mehr

weiterging. Die beiden Taschen, die sie zu schleppen hatte, waren einfach zu schwer. Sie musste kurz pausieren.

Innerhalb von Sekunden nahm Frenchy das Outfit der Person in sich auf. Ein alter Mantel, ein seltsamer Topfhut mit Schleier, der einen Teil des Gesichts verbarg, und hohe braune Schuhe.

Frenchy sprach die ältere Frau an, die gekrümmt vor ihr stand: „Kann ich Ihnen helfen?“

„Ja, das wäre nett“, keuchte die Alte. „Die Taschen – sie ... sie ... sind so schwer. Ich muss sie hoch in den ersten Stock tragen. Das Haus ist gleich hinter der nächsten Ecke. Wenn Sie so freundlich wären ...“

„Aber sicher doch. Geben Sie mir die Taschen.“

„Danke, das ist wirklich sehr, sehr nett.“

Frenchy sah nicht, was sich in den Stofftaschen befand. Zwei graue Tücher deckten die Einkäufe ab, aber schwer waren die Taschen schon. Sie wunderte sich sogar, dass die Frau es geschafft hatte, sie überhaupt zu tragen.

Das Haus, in dem sie wohnte, lag wirklich hinter der nächsten Ecke. Die Tür unten stand offen, und beide Frauen betraten einen muffigen Flur. Eine Treppe mit braun angestrichenem Geländer führte in die oberen Stockwerke.

„Erste Etage, Madam ...“

„Ja, ich weiß.“ Frenchy schleppte die Taschen hoch. Hinter sich hörte sie die unsicheren Tritte der Alten.

An der Tür, hinter der sich die Wohnung der Frau befand, war die meiste Farbe abgeblättert. Frenchy stellte die beiden Taschen neben der Fußmatte ab.

„So, da wären wir."

„Genau!"

Frenchy zuckte zusammen. Die Stimme der alten Frau hatte sich verändert, hatte einen völlig anderen Klang angenommen.

Da stimmte etwas nicht!

Sie wollte herumfahren, da wurde die Tür aufgerissen, und vor ihr stand auf einmal ein Mann mit schwarzen Haaren und unrasiertem Gesicht, das von harten Linien durchzogen wurde. Er trug einen schwarzen Anzug mit einem schwarzen Hemd und überragte Frenchy um gut einen Kopf.

Sein Gesicht blieb ausdruckslos, doch sein rechter Arm schnellte vor, und die Hand umklammerte Frenchys Kehle. Sie kam nicht mehr dazu, auch nur aufzuschreien, denn er würgte ihr die Luft ab.

Dann riss er sie in die kleine Wohnung und schleuderte sie gegen eine Wand.

Nicht nur mit dem Rücken, auch mit dem Hinterkopf prallte sie dagegen und sah Sterne vor ihren Augen. Bewusstlos wurde sie nicht, aber sie war groggy.

Zwei Hände umklammerten ihre Schultern und drückten eisern zu. Wohin sie geschafft wurde, sah Frenchy nicht. Irgendeine Tür stand offen, und man schleuderte sie in das dahinterliegende Zimmer. Sie fiel auf den Boden, wobei sie noch einen Stuhl umriss, gegen dessen Lehne sie mit der Schulter schlug.

Sie kannte die Wohnung nicht. Sie hatte auch das

Haus noch nie gesehen, und sie wusste auch nicht, was der Mieter mit einer Person wie diesem gewalttätigen Mann und der alten Frau zu schaffen hatte.

Frenchy drehte sich auf die Seite, um aufzustehen. Dabei glitt ihr Blick unter einem hochbeinigen Tisch hinweg auf die andere Seite des Zimmers. An der Wand stand ein altes Sofa mit nach außen gebogenen Holzbeinen.

Das war es nicht, was sie erschreckte, sondern der Arm und die dazu gehörende Hand, die vom Sofa nach unten hingen. Blut lief über den Handrücken, tropfte zu Boden und hatte dort bereits eine kleine Lache gebildet.

Frenchy war es, als würde plötzlich Eis durch ihre Adern fließen, und sie begann heftig zu zittern. Mit Mühe raffte sie sich hoch und stützte sich dabei auf der Tischkante ab, dann konnte sie über die Tischplatte hinwegschauen.

Der Mann lag auf der Couch, und das Blut sickerte aus seiner aufgerissenen Kehle.

Frenchy stand da, presste eine Hand auf den Mund und begriff, dass sie in einer mörderischen Falle steckte, aus der es kein Entrinnen gab.

Noch hatte niemand das Mordzimmer betreten, und natürlich dachte Frenchy an Flucht. Auf normalem Weg konnte sie die Wohnung nicht verlassen, das stand fest, aber das Zimmer hatte ein Fenster. Sie befand sich in der ersten Etage, das war nicht zu hoch für einen Sprung.

Da wurde auf einmal die Tür aufgeschleudert, und eine Frau trat ins Zimmer. Es war aber nicht die Alte, die Frenchy hergelockt hatte, sondern ...

Doriana Gray!

Sie starrten sich nur an, Doriana mit zu schmalen Schlitzen verkniffenen Augen, Frenchy hatte die Augen weit aufgerissen.

Doriana war wieder gekleidet wie auf dem Boot, sah aus wie eine Gestalt aus dem vorletzten Jahrhundert, während ihr Gesicht zudem noch unnatürlich bleich wirkte.

Sie verzog die Lippen zu einem Lächeln. „So trifft man sich wieder, Frenchy."

„Was ist mit dem Mann dort auf dem Sofa?", stieß Frenchy erregt hervor. „Warum ... warum musste der Mann sterben?"

„Wir brauchten seine Wohnung für einen gewissen Zeitraum", erklärte Dorry. „Das ist alles."

„Das ist alles?", wiederholte Frenchy mit hysterisch schriller Stimme.

Doriana zuckte mit den Schultern. „Nun, nicht ganz. Ich brauche auch dich, Frenchy. Um nicht zu sagen: Ich bin scharf auf dich."

Die junge blonde Frau schüttelte verzweifelt den Kopf. „Ich ... ich verstehe nicht ... Wie... wieso brauchst du mich ...?"

„Deshalb", flüsterte Doriana, zog ihre Lippen zurück – und offenbarte ihre wahre Natur.

Frenchy war entsetzt über das, was sie zu sehen bekam. Zwei spitze Vampirzähne ragten aus Dorianas Oberkiefer ...

Also doch!, schoss es ihr durch den Kopf. Also doch, es gibt sie! Und sie sind mitten unter uns!

Denn Frenchy Davies konnte nicht glauben, dass sich Doriana mit einem unechten Vampirgebiss geschmückt hatte. So etwas würde eine Person wie sie nicht tun. Nein, sie war eine echte Blutsaugerin, die nachts ihre Opfer jagten, um deren roten Lebenssaft zu trinken.

Allerdings war es nicht Nacht, sondern helllichter Tag, und trotzdem stand Frenchy eine Vampirin – eine echte Vampirin! – gegenüber. Offensichtlich mussten die Blutsauger also nicht, wie es in Romanen und Filmen behauptet wurde, nachts in ihren alten Särgen oder Grüften liegen.

Aus Doriana Grays Lächeln war ein widerliches Grinsen geworden. Es sollte zeigen, wer hier das Sagen hatte. Gleichzeitig glitt ihr Blick an Frenchys Gestalt immer wieder auf und ab.

„Was … was … willst du von mir?", stammelte Frenchy. „Sag es endlich."

„Ich will dich – und zwar ganz."

„Und … und … das heißt?", flüsterte Frenchy mit zittriger Stimme.

Doriana hob lässig die Schultern. „Ich habe bei unserem ersten Treffen einen Fehler begangen. Ich habe es mit Hypnose versucht, statt dich leerzusaugen, um dich unter meine Kontrolle zu bringen. Ich habe nicht gedacht, dass man meinen posthypnotischen Befehl so schnell erkennen und aufheben würde. Jetzt werde ich meinen Hunger an dir stillen."

Mehr brauchte Doriana nichts zu sagen. Frenchy wusste auch so, was ihr bevorstand. Da musste sie nur einen Blick auf den Mund mit den beiden spitzen Zähnen werfen, damit war alles klar. Man würde ihr Blut trinken, diese Kreatur würde sie leersaugen ... Und dann? Was passierte dann?

„Es wird wunderschön für dich werden", flüsterte Doriana. „Du wirst ein Geschöpf der Nacht werden und dich vom silbrigen Mondlicht streicheln lassen. Du brauchst auch keine Angst zu haben, dass ich dich nach deiner Verwandlung mit einer Hutnadel vernichte. Denn ich brauche dich. Ich brauche dich, um dich gegen einen meiner Feinde einsetzen zu können – gegen Inspektor Mason Flint."

„Nein, das will ich nicht!", schrie Frenchy mit schriller Stimme.

„Du hast keine Wahl, Frenchy."

Frenchy stolperte entsetzt zurück, doch schon nach zwei Schritten prallte sie gegen den Tisch, der sie aufhielt, während der Tod in Gestalt einer schönen Frau auf sie zukam. Sie sah das gierige Leuchten in den Augen der Doriana Gray, und sie sah die Zunge, die in ihrer Mundöffnung hin- und hertanzte.

Frenchy kreuzte Arme und Hände vor dem Gesicht. Es war mehr eine Geste der Verzweiflung.

Die Vampirin blieb dicht vor ihr stehen und schlug ihr die Hände einfach weg.

„Komm jetzt! Wehre dich nicht!"

Das konnte Frenchy auch nicht mehr. Sie war zu geschockt. Sie wusste, was ihr jetzt bevorstand, und war kalkweiß geworden, als hätte sie bereits all ihr Blut verloren.

Doriana griff mit der rechten Hand in ihre blonden Haare. „Ich freue mich schon auf dich. Wir werden gute Partnerinnen, und wir …“

„Nein – neeeiiin!“, schrie Frenchy, und das letzte „Nein“ war ein lang anhaltendes Kreischen. Frenchy wusste nicht mehr, was sie tat. Sie hatte die Kontrolle verloren und warf sich einfach vor, wollte diesem verdammten Weib die Fingernägel durch das Gesicht ziehen.

Es gelang ihr nicht, denn Doriana war schneller. Sie verpasste Frenchy zwei schallende Ohrfeigen, sodass deren Wangen glühten.

Frenchys Widerstand brach. Auf einmal waren ihre Knie butterweich, ihr Gesicht brannte durch die Schläge, und dann wurde sie gepackt, und Doriana riss sie auf sich zu.

Eine Hand riss ihren Kopf so heftig nach rechts, dass ein starker Schmerz durch ihre Sehnen ihres Halses zuckte. Sie schrie noch mal auf, was Doriana nicht störte, denn sie wollte nur noch das frische Menschenblut.

Ohne den Kopf loszulassen, drückte sie Frenchy weiter zurück.

Die junge blonde Frau wimmerte. Sie konnte nicht anders. Sie sah auch nichts mehr, obwohl sie die Augen weit aufgerissen hatte.

Aber sie spürte etwas.

Es war der Schmerz an ihrer linken Halsseite. Zwei

Zahnspitzen drangen dort tief in ihr Fleisch und rissen dabei zwei Wunden, aus denen das Blut nur so hervorsprudelte.

Es schoss Doriana in den Mund und wurde von ihr gierig geschluckt. Die linke Hand hatte sie Frenchy auf den Rücken gelegt, um die Frau an sich zu pressen, damit diese nicht zusammenbrach, während Doriana noch trank. Erst wenn sie ganz leer war, würde Doriana sie loslassen.

Das Blut war köstlich, ein Labsal. Sie trank mit lauten schmatzenden Geräuschen. Dieser wunderbare warme Lebenssaft würde sie wieder stark machen.

Während sie trank, vergaß sie sich selbst. Die Augen hielt sie geschlossen, um sich noch mehr dem Genuss hinzugeben.

Zeit hatte sie, viel Zeit. Niemand würde sie stören. So konnte sie das Blut bis zum allerletzten Tropfen genießen, was sie auch tat.

Als sie sich endlich wieder aufrichtete und Frenchy schlaff wie eine Puppe in ihrem Griff hing, lag ein zufriedenes Lächeln auf ihren blutverschmierten Lippen.

Sie hob Frenchy an, als hätte die junge Frau überhaupt kein Gewicht, und legte sie auf den Tisch, als würde sie dort einen Leichnam aufbahren.

Frenchy sah tatsächlich auch wie tot aus, aber sie würde irgendwann erwachen. Als Kreatur des Schreckens, die sich vom Blut der Lebenden ernährte.

Doriana drehte sich um, ging zur Tür und öffnete diese. Im kleinen Flur wartete der Schwarzhaarige und rauchte. Er wandte sich Doriana zu und fragte: „Bist du gesättigt?“

„Ja.“

„Dann kann ich sie jetzt wegschaffen?“

Die Vampirin nickte.

Der Mann trat die Kippe auf dem Boden aus, dann ging er ins Zimmer. Er lächelte, als er die Gestalt auf dem Tisch liegen saß. Arme und Beine hingen über die Kanten hinweg nach unten. Das Gesicht war bleich, die Augen standen offen, aber der Blick zeigte kein Leben mehr.

Der Mann packte sie, schaffte sie in den Flur. Dort hatte er schon einen Teppich ausgerollt. Er verließ sich auf die bewährte Methode und rollte Frenchy darin ein, und zwar so fest, dass er nicht Gefahr lief, dass sie beim Tragen an einer Seite herausrutschte …

12

Leer. Ja, die Wohnung war leer. Da war keine Frenchy, die auf ihn wartete. Diese Tatsache musste Mason Flint erst mal verdauen. Er hatte in den wenigen Räumen nachgeschaut und hatte darauf gehofft, dass sie wenigstens eine Nachricht für ihn hinterlassen hatte.

Nichts.

Kein Zettel.

Auch sonst keinerlei Benachrichtigung.

Sie hatte sich einfach aus dem Staub gemacht. Aber genau das wollte Mason nicht glauben. Frenchy war keine Frau, die einfach weglief, ohne etwas zu sagen.

Sie war entführt worden!

Aber auch bei diesem Gedanken kamen ihm Zweifel, weil er nicht die geringsten Spuren eines Kampfes entdeckte. Auch war niemand gewaltsam in die Wohnung eingedrungen.

Dennoch war er sicher, dass sich Frenchy nun in der Gewalt der Gegenseite befand und dass man sie als Faustpfand gegen ihn verwenden würde.

Er ließ sich in einen Sessel fallen und schlug die Hände vors Gesicht. Auch er war nur ein Mensch und brauchte eine gewisse Zeit, um seinen Schock zu verdauen. Danach erwachte in ihm der Widerstand. Er würde alles tun, um Frenchy zurückzuholen.

Er musste nicht nur Frenchy suchen und finden, sondern auch diese geheimnisvolle Doriana Gray, die offenbar schon so lange in London lebte, über die Jahrhunderte hinweg.

Doch über dieses Phänomen wollte er sich jetzt und hier nicht den Kopf zerbrechen. Stattdessen grübelte er intensiv darüber nach, wie er am besten an sie herankam. Frenchy hatte von einem Hausboot an der Themse gesprochen. Auch an den Weg hatte sie sich erinnern können, nur nicht an den genauen Liegeplatz. Das Boot lag jedenfalls nicht einsam, das wusste er.

Ob ihm seine Kollegen beim Yard weiterhelfen konnten?

Er hätte sie einschalten können und vielleicht sogar müssen, doch dieser Fall wurde mehr und mehr zu einer persönlichen Angelegenheit für ihn. Er musste und würde die Sache allein durchziehen.

„Dorry“, murmelte er. Sie war für Mason die beste Spur. Er setzte darauf, dass sie ihre Gewohnheiten nicht ändern würde, also wollte er erneut versuchen, sie im NIGHTWATCH anzutreffen.

Der Besuch in der Botschaft hatte ihn nicht weitergebracht. Seit er mit diesem Simon Hill gesprochen und der ihm dieses Foto gegeben hatte, war seine Verwirrung nur noch größer geworden.

Sein Handy meldete sich. Es war Martin Curtis, dessen Stimme leicht verärgert klang.

„Man kann Sie also doch erreichen?“

„Ja, warum?“

„Im Büro waren Sie nicht.“

„Das ist richtig.“

„Und wo sind Sie jetzt?“

Mason hielt sich mit der Wahrheit zurück. „Noch in der Nähe der Botschaft.“

„Hat der Besuch etwas gebracht?“

„Nicht viel. Ich hätte Sie sonst schon angerufen.“ Er berichtete von dem so lange zurückliegenden Mord, bei dem damals eine Angestellte der US-Botschaft die Hauptverdächtige gewesen war. „Und außerdem hat man zugegeben, dass Goran Simincu als Fahrer bei der Botschaft angestellt war und dass man dort auch einen burgunderroten Bentley unterhält.“

„Hm. Glauben Sie, Goran Simincu war der Killer, hinter dem wir her sind?“

„Der Hutnadelmörder? Nein, Martin.“

„Sicher?“

„Völlig.“

„Dann sind Sie gezwungen, nach einer anderen Spur zu suchen, Mason.“

„Ich bin dabei.“

„Aha.“ Curtis wurde hellhörig. „Können Sie mehr darüber sagen?“

Ja, das hätte Flint gekonnt. Doch er tat es nicht. Jedenfalls rückte er nicht mit der vollen Wahrheit heraus. Er erklärte nur, dass er sich noch einmal im NIGHTWATCH umschauen wollte.

„Wir könnten den Laden hochnehmen, ’ne Razzia durchführen“, schlug Curtis vor.

„Nein, Martin, das wäre meiner Ansicht nach noch deutlich zu früh.“

„Sie wollen *undercover* ermitteln?"

„So ähnlich."

„Und auf welch eine Person konzentrieren sich Ihre Ermittlungen?"

„Auf eine Frau."

Martin Curtis schwieg zunächst. Dann sagte er: „Ja, ja, Sie erwähnten etwas in dieser Richtung. Haben sich denn weitere Verdachtsmomente ergeben?"

„Es sammelt sich so einiges an."

„Beweise?"

„Indizien."

„Das ist mir zu wenig. Kommen Sie, Mason – blocken Sie nicht ab, die Zeit drängt. Es hat zu viele Tote gegeben, und jede Leiche setzt uns enorm unter Druck. Sie müssen den Fall nicht unbedingt allein lösen. Sie wissen sehr wohl, dass ich Sie schätze und Ihnen auch gern freie Hand lasse. Aber irgendwo ist immer eine Grenze, das wissen Sie."

„Ist mir klar, Martin. Ich möchte nur noch diesen einen Tag und die folgende Nacht."

„Das hörte sich an, als wären Sie sehr dicht dran."

„Ich kann es nur hoffen."

Martin Curtis seufzte. „Nun gut, diese eine Chance gebe ich Ihnen noch. Aber bitte, Mason, riskieren Sie nichts. Auch nicht Ihre Karriere, indem Sie sich mehr zum Beißen nehmen, als Sie kauen können."

„Keine Sorge, ich kenne meine Grenzen."

Curtis lachte. „Komisch, dass Sie es nie geschafft haben, mich davon zu überzeugen ..."

Mason Flint war nicht genau bekannt, wann das NIGHTWATCH öffnete. Am Nachmittag sicherlich nicht, und so ließ er sich entsprechend Zeit, versuchte stattdessen, etwas über die geheimnisvolle Doriana Gray zu erfahren, aber da kam er keinen Schritt weiter. Ihm blieb nur die Disco.

Er war froh darüber, dass ihm Martin Curtis freie Hand gelassen hatte. Allerdings wurde es allmählich Zeit, dass er Erfolge aufweisen konnte.

Er würde sich nicht davon abhalten lassen, mit dieser Dorry zu reden. Die letzte Nadel, die mit dem Symbol der Sonne, hatte er eingesteckt.

Schließlich machte sich Mason auf den Weg zum NIGHTWATCH. Den Wagen ließ er stehen und nahm stattdessen die Underground. Es war voll, und er schaute in die oft ausdruckslosen Gesichter der anderen Fahrgäste. Die meisten hatten Feierabend und wollten zurück nach Hause.

Mason spürte eine innere Unruhe, und eine Ahnung stieg in ihm hoch. Sein Instinkt sagte ihm, dass er endlich Erfolg haben würde. Sechs Morde mussten aufgeklärt werden, und er ging mittlerweile sicher davon aus, dass mehr dahintersteckte als nur eine schlichte Tötungsabsicht.

War Dorry oder Doriana tatsächlich die Mörderin? War die Person auf dem vergilbten Foto ihre Ahnin?

In seinem Innern wuchs die Spannung immer mehr an. Er war froh, als er die Bahn endlich verlassen konnte.

Den restlichen Weg legte er zu Fuß zurück. London

bereitete sich auf die Nacht vor, während die Dämmerung hereinbrach. Die ersten Lichter gaben einen falschen Glanz von Geborgenheit, zogen aber zahlreiche Menschen an, die sich amüsieren wollten.

Mason kam sich vor wie ein einsamer Wolf. Aber er dachte auch an Frenchy. Wo steckte sie? Warum war sie verschwunden? Hatte es Sinn, eine Fahndung nach ihr einzuleiten?

Letzteres würde er entscheiden, wenn er mit dieser Doriana gesprochen hatte. Am Eingang der Disco sah er sie nicht, obwohl er offenbar nicht der erste Gast war, der in den Abtanztempel wollte.

Zwei Türsteher gaben sich gelangweilt, schauten aber sehr genau hin, wer ins NIGHTWATCH wollte. Mason hatte Glück, denn Mario Diaz hatte an diesem Abend offenbar frei.

Dennoch hielt ihn einer der Türsteher auf. Kein Wunder: Mason trug nicht eben das Outfit eines Discogängers.

„Nichts gegen Sie, Sir, aber kann es sein, dass Sie sich verlaufen haben?“

„Das habe ich nicht.“

„Was wollen Sie hier?“

Flint schaute in die kalten Augen des Mannes. „Ich will mich einfach nur umschauen.“

„Lass ihn rein!“, sagte der zweite Türsteher. „Der Typ ist kein Schläger oder Unruhestifter. Sieht jedenfalls nicht danach aus.“

„Na gut.“

Flint lächelte und ging weiter. Er schaute sich noch mal um und sah die beiden Männer miteinander flüstern. Zumindest einer von ihnen schien zu ahnen, dass er nicht gekommen war, um sich zu amüsieren.

Die Musik war laut, doch die Tanzfläche war noch nicht gefüllt, und auch an der Bar gab es genügend Platz. Genau sie visierte Mason an. Das Personal war schon bei der Arbeit. Zwei junge Frauen putzten Gläser, und Mason wurde von einem baumlangen Farbigen angesprochen.

„Was kann ich Ihnen bringen?"

„Ich trinke Wasser."

„Gut."

Mason drehte sich von der Theke weg. Er hielt den Blick auf den Bereich direkt hinter dem Eingang gerichtet. Da er strategisch günstig stand, war das kein Problem. Er schaute schnell zur Seite. Eine Glitzerkugel unter der Decke streute ihre Farbmuster auf die Tanzfläche, die ungewöhnlich kahl wirkte, weil sich nur wenige Menschen auf ihr bewegten.

„Das Wasser, bitte."

„Danke." Mason zahlte und goss das Wasser ins Glas. Der Farbige schaute ihm dabei zu und lächelte breit. Er trug ein weißes Hemd und eine schwarze Hose. „Sie sind nicht zum ersten Mal hier, oder?"

„Stimmt."

„Ich habe ein gutes Gedächtnis für Gesichter."

„Dann kennen Sie bestimmt auch einen weiblichen Stammgast, den ich suche. Sie heißt Dorry."

Der Barmann machte große Augen und lächelte noch

breiter. „Wer kann sie vergessen?"

„War sie heute schon hier?"

„Nein."

„Wird sie noch kommen?"

„Gute Frage. Leider bin ich kein Hellseher. Aber Sie haben schon recht, Dorry ist öfter hier."

„Und sie kommt immer allein?"

„Das auch."

Nun lächelte Mason. „Geht sie denn dann auch immer allein?"

Wieder ein Grinsen. „Nicht immer."

„Dachte ich mir."

„Sie interessieren sich für Dorry?"

Mason nickte bedächtig. „Das kann man so sagen. Es lohnt sich ja auch, sich für sie zu interessieren."

„Hm, kann man sagen. Sie ist ein heißer Feger. Aber sie ist auch verdammt wählerisch."

„Geht das gegen mich?", fragte Mason grinsend.

„Nein, aber ... Na ja, wer kennt schon die Frauen? Ich würde sie auch nicht von der Bettkante stoßen. Sie können es ja versuchen, wenn sie hier erscheint."

„Ja, das werde ich."

Die Disco füllte sich zusehends. Die meisten Gäste waren in Schwarz gekleidet; die Farbe war gerade in der Szene wieder „in".

Und plötzlich erschien Dorry!

Mason hatte sie nicht kommen sehen. Sie war einfach da, und sie ging tatsächlich auf die Theke zu. Wobei er das Wort „ging" relativieren musste. Ihre Art, sich zu bewegen, war mehr ein Schleichen, ein Pirschen und hätte gut zu einer Raubkatze auf Beutejagd gepasst.

Sie war allein. Zwar wurde sie angesprochen, wehrte aber sämtliche Anmachversuche ab und ging schnurstracks und zielsicher zur Theke, an die sie sich stellte, und zwar direkt neben Mason Flint.

„Hi", sagte er.

Sie nickte ihm zu und glitt auf einen der wenigen Hocker, wobei Leder über Leder rieb, denn sie trug eine Hose aus diesem Material, die so eng saß wie eine zweite Haut.

Das Oberteil passte perfekt, eine Bluse aus dünnem Stoff, ebenfalls schwarz und nicht mehr als ein Hauch, und darüber trug sie eine Weste mit goldenen Fäden.

Der Keeper wieselte herbei. „Wie immer, Dorry?"

„Ja. Ich nehme den Zombie."

„Ist schon fast fertig."

„Gut so."

Mason hob die Brauen. „Sorry, ich will Ihnen ja nichts, aber der Zombie ist ein verdammt hartes Getränk, mit viel Rum und ziemlich stark."

„Ich weiß. Aber du trinkst ja Wasser."

„Noch."

Dorry schaute ihn an, und plötzlich lächelte sie. „Du scheinst noch etwas vorzuhaben."

„Man kann nie wissen, wie sich die Dinge entwickeln. Da lasse ich mich gern überraschen."

„Ich auch. Ach ja, man nennt mich Dorry."

„Hört sich interessant an."

„Das bin ich auch."

„Ich bin Mason, und mich haben interessante Frauen schon immer gereizt."

„Dann passt es ja."

„Wie meinst du das?"

Auf die Antwort musste Mason noch warten, denn der Keeper servierte Dorry den Zombie. In dem hohen Glas schimmerte es rot wie Blut. Dorry nahm die oberen Enden der beiden geknickten Strohhalme zwischen die Lippen und saugte, wobei sich ihre Wangen bewegten und nach innen wölbten. Ihr Blick war dabei fest auf Mason gerichtet, und er stellte sich vor, dass sie keinen Zombie trank, sondern das Blut eines Menschen.

Sie leerte das Glas bis zur Hälfte und nickte Mason danach zu. „Das war gut."

„Glaube ich dir."

„Willst du kosten?"

„Weiß nicht."

„Ich mach nicht jedem ein solches Angebot."

„Und warum gerade mir?"

„Du gefällst mir. Ja, du bist anders, und genau das mag ich, verstehst du? Ich hab genug von diesen Typen, die in diesen Schuppen kommen, um nur irgendein Weibsbild aufzureißen."

„Aber jetzt willst du *mich* aufreißen."

„Stimmt." Sie schob ihm das Glas hin, und Mason fielen ihre dunkelrot lackierten Fingernägel auf, die schon einen Stich ins Violette hatten.

Er trank und hob dabei den Blick ein wenig an. So sah er, dass Dorry ihn weiterhin beobachtete. Sie hatte einen verhangenen Blick aufgesetzt, der auf einiges schließen ließ.

Der starke Rumgeschmack wurde durch eine gewisse Süße reduziert. Limette und Orange schmeckte er ebenfalls heraus, und er musste zugeben, dass das Getränk wirklich schmeckte.

„Danke, Dorry. Das macht bestimmt sogar Tote wieder munter."

„Ich weiß nicht ..." Sie fasste nach seiner Hand und strich mit ihren Fingern über den Handrücken. „Tot ist tot. Oder siehst du das anders?"

„In der Regel ist das wohl so."

„In der Regel – aha. Glaubst du, da gibt es Ausnahmen?"

„Tote, die nicht tot sind?" Flint hob die Schultern. Allerdings war er froh, dass das Gespräch zwischen ihnen diese Wende genommen hatte. „Kennst du welche?"

„Kann sein."

„He, du machst mich neugierig."

Sie deutete auf das Glas. „Ein Zombie. Du hast ihn ebenfalls getrunken. Was sind Zombies?"

„Tote, die leben."

„Perfekt."

„Und weiter?"

„Es gibt Menschen, die sie zu Zombies machen. Darüber habe ich gehört. Man nennt es Voodoo."

„Damit kann ich was anfangen", erwiderte er, „aber

ich denke da an andere Gestalten, die eigentlich tot sein müssten und es nicht sind."

„An welche?"

„Vampire."

Mason hatte das Wort ganz locker ausgesprochen, doch Dorry zog die Hand erschrocken zurück. „Ist ja geil, dass du auf Vampire kommst."

„Nun ja", sagte er. „Zombies, Vampire oder andere dieser Gestalten, die gehören doch alle irgendwie in einen Topf. Das ist meine Meinung. Du kannst natürlich gern eine andere haben, aber ..."

„Warum sollte ich?" Sie wirkte sehr ernst, dann zog sie den blutroten Mund wieder in die Breite. „Vampir ist das Stichwort. Ich mag sie, und ich mag auch Hexen. Manche haben mich schon als Hexerin bezeichnet. Kannst du dir das vorstellen?"

„Kannst du hexen?"

„Ich verhexe Menschen. Ja, das tue ich. Ich schlage sie in meinen Bann."

„Männer oder Frauen?"

„Ich bin nach allen Seiten offen. Auch Frauen können mit mir Spaß haben."

„Das glaube ich. Wer so aussieht wie du, hat überall seine Chancen. Auch bei Frauen."

„Danke."

Es war ein ungewöhnliches Gespräch, das die beiden führten. Mason war davon überzeugt, dass sie genau wusste, wer er war. Ihre Begegnung an der Theke war kein Zufall gewesen, Dorry hatte ihn gezielt ausgewählt.

Er würde verdammt auf der Hut sein. Er dachte auch an die Toten, deren Hälse Vampirbisse aufgewiesen hatten. Zumindest ging Mason davon aus, dass es sich um solche Bissmale gehandelt hatte.

Zwischen ihnen hatte sich ein unsichtbares und erwartungsvolles Band der Spannung aufgebaut, nur traute sich noch niemand, den ersten Schritt zu machen.

„Gefällt es dir hier, Dorry?“, brachte er schließlich hervor.

„Warum fragst du? Kannst du Gedanken lesen?“

„Manchmal.“

„Eigentlich schon, ich komme ja öfter her. Aber heute Abend habe ich auf diesen Laden keinen Bock.“

„Dann sollten wir uns vom Acker machen.“

„Ich hab nichts dagegen.“

Was sie vorhatte, war klar. Sie wollte Mason zu einem anderen Ort schaffen, wo sie unbeobachtet war, wo es keine Zeugen gab.

Er beobachtete sie sehr genau, und dann fiel ihm etwas auf, das ihn schaudern ließ: Dorry atmete nicht. Jedenfalls konnte er nicht sehen, dass sich ihr Brustkorb hob oder senkte. Da war rein gar nichts.

Sie warf lässig einen Geldschein auf die Theke. „Wir ziehen ab, Nelson.“

Eine dunkle Hand griff nach dem Schein. „Da wünsche ich doch alles Vergnügen der Welt.“

„Danke, werden wir kriegen.“ Sie wandte sich an Mason. „Oder?“

„Ich denke schon.“

„Gut, dann komm.“ Dorry hängte sich bei ihm ein. Er spürte ihren Körper, aber er spürte keine Wärme. Es war, als hätte er eine Leiche am Arm.

Er fragte sich, wo das alles enden sollte.

Nun, wahrscheinlich auf oder vielmehr in einem Hausboot. Und vielleicht in Strömen von Blut.

Die beiden Türsteher schauten sie an und lächelten irgendwie neidisch, als sie die Disco verließen. Dorry erklärte ihrem Begleiter, dass sie nicht weit zu gehen brauchten, ein Wagen nebst Fahrer wartete auf sie.

„Das ist perfekt.“

„Ja, Mason, alles, was ich mache, ist perfekt. Du wirst es erleben.“

„Und wo fahren wir hin?“

„Zu einem Ort, an dem uns niemand stört. Ich will diese Nacht genießen, und das hast du doch sicher auch vor.“

„Das streite ich nicht ab.“

„Dann passen wir gut zusammen.“

Sie weiß Bescheid!, dachte Mason. Und ich weiß Bescheid …

Nur gab es keiner dem anderen gegenüber zu, und so blieb es weiterhin ein Katz-und-Maus-Spiel.

„Ach ja, eine Frage habe ich noch, Dorry.“

„Und welche?“

„Wie kommst du zu deinem Namen? Nicht, dass er mir nicht gefallen würde, aber er hört sich an wie eine Abkürzung.“

„Das trifft zu. Ich heiße in Wirklichkeit Doriana.“

Mason spielte den Überraschten und blieb stehen. „He, den Namen finde ich scharf."

„Nun ja, es ist ein sehr alter Name. Einer mit Vergangenheit."

Sie waren in seine Seitenstraße eingetaucht. Die Dunkelheit um sie herum war dichter geworden, und Mason hatte fast den Eindruck, mit Doriana allein auf der Welt zu sein. Das hektische London hatte sich zurückgezogen, und es schien kein Lebewesen mehr in ihrer Nähe zu geben.

Das war eine Täuschung, denn aus der sie umgebenden Finsternis löste sich auf einmal eine dunkelhaarige Gestalt, die vor Doriana stehen blieb und eine Verbeugung andeutete.

„Das ist Oliver", stellte Doriana den Mann vor. „Es ist unser Fahrer."

„He", rief Mason, „du hast einen … eigenen Fahrer?" Fast hätte er gesagt: Du hast einen *neuen* Fahrer? Denn Goran Simincu hatte er ja in Notwehr erschossen.

„Ich habe vieles, Mason. Du wirst überrascht sein, das kann ich dir versprechen."

„Okay, das ist spannend."

„So soll es auch sein."

Oliver öffnete die Hintertüren des Bentley. Mason gab keinen Kommentar mehr ab, er wollte es nicht übertreiben. Doch Dorry oder Doriana wusste längst über ihn Bescheid, da war er sich sicher. Sie wollte ihn aus dem Verkehr ziehen, was sie schon versucht hatte, indem sie Frenchy hypnotisiert und auf ihn gehetzt hatte.

Sie stiegen beide in den Fond des Wagens. Als er Chauffeur die Türen schloss, hatte Mason das Gefühl, in einem rollenden Sarg zu sitzen …

Der Bentley rollte nahezu lautlos an. Er glich einer massigen Raubkatze, die ihre leisen Pfoten gegen Räder ausgetauscht hatte.

Mason wusste, dass sich die Falle um ihn herum immer mehr zuzog.

Sie fuhren durch London in Richtung Themse. Der Fahrer hatte eine Trennscheibe hochsurren lassen, sodass sich Mason und Dorry ungestört unterhalten konnten. Das Glas war zudem abgedunkelt; von seinem Platz aus konnte der Fahrer nicht sehen, was im Fond vor sich ging, da hätten Dorry und Mason auch eine wilde Orgie feiern können.

Doriana lehnte sich gegen Masons linke Schulter. „Was hat dich in die Disco getrieben?“, wollte sie wissen.

„Ich wollte mich amüsieren.“

„Du hast gehofft, mich dort anzutreffen“, behauptete sie.

„Ach, habe ich das?“

„Ja.“

„Wie kommst du darauf?“

Sie legte den Kopf in den Nacken und lachte leise gegen den Wagenhimmel. „Ich habe dich schon dort gesehen. Es war vor der Disco. Außergewöhnliche Männer fallen mir eben auf.“

„Ach, das bin ich also in deinen Augen?“

„Ja.“

„Dann sammelst du ja wohl außergewöhnliche Männer?“

„Wenn du so willst.“

„Ist das ein Kompliment für mich?“

„Sieh es als eines an. Ich nehme nicht jeden.“

Er lachte. „Du bist aber auch gar nicht eingebildet.“

„Nein, überhaupt nicht. Ich weiß einfach nur, was ich wert bin, und das werde ich dir bald beweisen. Du wirst alles vergessen, was du bisher mit Frauen erlebt hast. Das meine ich ernst.“

„Und wo werde ich das vergessen?“

„Keine Sorge, wir sind gleich da.“ Dorry wechselte ihre Position, wand sich fast auf ihm, und er spürte ihre Lippen an seiner linken Halsseite. Sie glitten über seine Haut, und er spürte auch ihre Zunge kreisen.

Plötzlich musste er an die blutleeren Opfer denken und an die Male auf den linken Halsseiten.

Bisse!

Bisse von spitzen Zähnen, wenn er davon ausging, dass es tatsächlich Vampire gab.

Nun rutschten auch bei ihm Zähne an seinem Hals entlang, doch er fand nicht heraus, ob sie übernatürlich spitz waren oder ganz normal; dazu war Doriana viel zu raffiniert.

Eine Hand glitt über seine Brust hinweg, wanderte nach unten und gelangte zwischen seine Beine, die mit sanfter Gewalt auseinandergeschoben wurden. Er hörte sich stöhnen, schließlich war er auch nur ein Mann.

„He, du wirst hart, Mason", sagte sie gurrend. „Toll, was du für ein Geschenk für mich hast. Ich werde deinen kleinen großen Mann verwöhnen."

„Aber nicht hier und jetzt."

„Nein, aber sobald wir am Ziel angelangt sind. Da sind wir allein, keiner wird uns stören, und ich weiß, dass es dir gefallen wird, was wir dort machen werden. Wir werden eins sein, und das auf eine ganz besondere Art und Weise, denn ich weiß sehr genau, was du dir wünschst."

„Was denn?"

„Mich, nur mich!" Sie löste sich von ihm und lachte wieder leise. „Deshalb bist du ins Nightwatch gekommen. Du wolltest mich kennenlernen, weil du schon so viel über mich gehört hast. Und jetzt, mein Freund, gebe ich dir die Chance."

„Ja, ich will dich", gestand er – doch er meinte es anders, als es sich vielleicht anhörte.

Sechs Opfer hatte es gegeben. Und Mason wollte auf keinen Fall das siebte werden. Wenn er sein Leben lassen musste, dann nicht als blutleere Leiche.

Der Wagen wurde gestoppt, und Dorry sagte: „Wir sind da, Mason."

„Gut. Und wo?"

„Steig aus, dann wirst du es sehen."

Es ging wieder sehr vornehm zu, denn den Fahrer öffnete für sie die Türen. Er ließ seine Chefin zuerst aussteigen, dann Mason, und als der sich straffte, traf sein

Blick die Augen des Fahrers.

In ihnen leuchtete der Tod!

Mason empfand es jedenfalls so. Dieser Mensch wünschte sein Ende. Er musste sich also auf zwei Feinde einstellen.

Auch ohne sich großartig umzuschauen, wusste Mason, wo sie sich befanden. Direkt an der Themse; er kannte ihren Geruch, und zudem war auch das Rauschen zu hören. Menschen sah er nicht, obwohl an dieser Stelle des Flusses Hausboote ihre Liegeplätze hatten, deren Bewohner ihren individuellen Lebensstil führten.

Tagsüber flanierten Spaziergänger an den Booten vorbei. In den Abendstunden aber lag dieser Bereich recht einsam, auch wenn das wilde und quirlige London nicht weit entfernt war.

Doriana stand auf der anderen Seite der Limousine. Sie schaute ihn über das Wagendach hinweg an. „Du bist fast am Ziel, Mason."

„Schön. Und wie geht es weiter?"

Sie umrundete den Wagen und trat auf ihn zu. Ihr Gesicht zeigte einen weichen Ausdruck. „Es ist ganz einfach", sagte sie mit leiser Stimme. „Wir haben uns gesucht und gefunden. Es sind nur mehr wenige Schritte, dann wirst du die ganze Wahrheit erfahren."

„Und was kommt danach?"

„Warte es ab, Mason. Das Schicksal hat uns zusammengeführt. Denke daran, dass nicht alles tot ist, was einst gestorben ist."

„Ich bin gespannt."

Sie strich ihm mit beiden Händen über die Wangen, und wieder spürte er keine Wärme. Ihre Hände waren zwar nicht kalt, doch auch nicht warm wie die eines lebenden Menschen.

Er würde weiterhin vorsichtig sein müssen. Außerdem gab es nicht nur Doriana, sondern auch noch ihren neuen Fahrer Oliver, der für ihn zur Gefahr werden konnte. Der stand unbeweglich, hielt den Blick aber stur auf die beiden gerichtet.

„Okay, dann lass uns gehen." Mason wollte es endlich hinter sich bringen, obwohl er keine Ahnung hatte, wie er sich gegen eine Blutsaugerin zur Wehr setzen konnte, falls Doriana denn wirklich eine war. Es gab die alten Methoden wie geweihtes Silber oder Eichenpfähle, die man diesen Kreaturen ins Herz stieß, um ihnen ihr untotes Leben zu nehmen. Nur hatte Mason nichts davon zur Hand.

Doriana trat zurück und drehte sich mit einer fließenden Bewegung um.

„Ich gehe voraus", sagte sie leise und machte sich auf den Weg.

Oliver, ihr neuer Chauffeur, nickte Mason zu und wies ihn mit einer Handbewegung an, der Frau zu folgen.

Mason tat es. Dabei spürte er ein Kribbeln auf seinem Rücken. Es passte ihm nicht, den Kerl hinter sich zu wissen, denn er konnte ihn noch weniger einschätzen als Doriana. Es war klar, dass Oliver ihr hündisch ergeben war, das zeigten sein Auftreten und seine Haltung ihr gegenüber. Er würde alles tun, was seine Chefin – seine Meisterin – ihm befahl, auch wenn es sich dabei um eiskalten Mord handelte. Eine Kugel in den Rücken, dann wäre es aus gewesen mit Mason Flint. Doch er wollte sein Misstrauen nicht zu offen zeigen, deshalb widerstand er der Versuchung, sich umzudrehen.

Sie gingen über einen weichen Boden – feuchtes Gras, das in dieser Flussaue wuchs. Über dem Wasser hatte sich schwacher Dunst ausgebreitet, lag wie ein dünnes Tuch über dem Fluss und wurde auch vom leichten Wind nicht vertrieben.

Die Boote waren über Stege zu erreichen. Mason war gespannt, ob noch etwas passieren würde, bis sie Dorianas Hausboot erreicht hatten. Sobald sie an Bord waren, würde es jedoch mit absoluter Sicherheit zum Finale kommen.

Er erinnerte sich wieder an die alte Aufnahme, die Simon Hill ihm in der US-Botschaft gezeigt hatte. Die Frau auf dem Foto sah Doriana Gray so verdammt ähnlich, dass es eigentlich keine andere Erklärung gab, als dass es sich um ein und dieselbe Person handelte.

Mason würde die Wahrheit bestimmt erfahren, und zwar in dieser Nacht, auch wenn sie noch so schrecklich und vielleicht sogar grauenvoll war.

Die Frau blieb plötzlich stehen. Mason hatte noch gehört, dass bei ihrem letzten Schritt ein Echo aufgeklungen war, denn sie hatte den Steg erreicht.

Sie drehte sich zu ihm um, und auch Mason hielt an.

Er hörte, wie Oliver hinter ihm noch zwei Schritte machte, dann blieb der Chauffeur direkt in seinem Rücken stehen.

„Wir sind da!“, erklärte Doriana.

„Und was bedeutet das?“

Sie lachte. „Dass du jetzt die Wahrheit erfahren wirst, Mason. Und nicht nur das – du wirst es am eigenen Leib zu spüren bekommen.“

Eine Alarmsirene schrillte plötzlich in Masons Kopf, blitzschnell wirbelte er herum und bekam aus dem Augenwinkel noch die schattenhafte Bewegung mit.

Oliver schlug zu!

Mit einer reflexartigen Bewegung warf sich Mason zur Seite – aber es war zu spät. Er bekam den Treffer zwar nicht voll ab, aber Olivers Faust streifte ihn an der linken Schläfe, so hart, dass er das Gleichgewicht verlor und auf dem weichen Boden landete.

Er wurde zwar nicht bewusstlos, war aber dennoch benommen.

„Bereite ihn vor“, sagte Doriana zu ihrem neuen Chauffeur, „und dann bring ihn zu mir aufs Boot. Ich habe Hunger!“

„Ja, Herrin, du kannst dich auf mich verlassen …“

13

Vergangenheit

Irgendwann wachte sie wieder auf. Doch das Erwachen war diesmal kein Übergang von der Bewusstlosigkeit in die Realität – sondern ein Übergang in eine andere Existenz.

Etwas war anders geworden. Vor allem war da ein Drang, den sie bisher noch nie verspürt hatte. Eine Gier. Die Gier nach dem Blut eines Menschen.

Aber das, was ihr Mother Shipton mitgegeben hatte, was sie in Doriana geweckt hatte, war ebenfalls noch vorhanden.

Allmählich wurde ihr klar, dass sie etwas ganz Besonderes war.

Hexe und Blutsaugerin!

Möglicherweise ein völlig neues Geschöpf. So genau wusste sie das nicht. Aber die Zukunft würde es zeigen.

Eine lange Zukunft, denn als Vampirin war sie unsterblich!

* * *

Gegenwart

Mason lag auf der feuchten Erde und wusste, dass er schlechte Karten hatte. Er konnte nichts tun, konnte sich nicht einmal rühren, denn die Befehle, die sein Gehirn aussandte, wurden von seinem Körper nicht mehr umgesetzt.

Doriana Gray mischte sich nicht mehr ein. Sie überließ die Sache ihrem neuen Chauffeur und Leibwächter Oliver und entfernte sich mit einem kalten Lächeln im Gesicht.

Oliver ging auf Mason zu. Doch er ließ sich Zeit dabei und schien es zu genießen, wie er sich seinem wehrlosen Opfer näherte.

Mason starrte in die Höhe und machte das Gesicht des Schlägers nur als hellen Fleck in der Nacht aus. Dann duckte sich der Schläger, um Mason zu packen und ihn in die Höhe zu zerren, riss ihn auf die Beine. Mason schwankte. Eine Hand hielt ihn weiterhin fest, die andere ließ ihn los, denn damit holte der Kerl aus.

Und er zielte genau, wollte Mason auf den Punkt treffen.

In dieser Sekunde erwachte Masons Lebenswille. Er war niemand, der so schnell aufgab. Und so benommen, wie es den Anschein gehabt hatte, war er gar nicht.

Das bewies er in der folgenden Sekunde.

Er riss das Knie hoch und rammte es dem Schläger in den Unterleib, bevor dieser seine Faust auf die Reise schicken konnte.

Ein Schrei brach aus der Kehle des Mannes. Er führte den Schlag nicht mehr aus, sondern ließ die Hände nach unten fallen und presste sie gegen die getroffene Stelle.

Mason rammte den Kopf nach vorn und traf die

Brust seines Gegners, der nach hinten stolperte, bis er mit den Hacken gegen ein Hindernis stieß, das ihn zu Fall brachte.

Mason litt noch immer unter dem Treffer. Er taumelte auf den Chauffeur zu. Er schritt zwar über festen Boden, doch ihm kam es so vor, als würde die Erde unter seinen Füßen Wellen schlagen. Daher schwankte er mehr, als dass er ging, und gab seinem Gegner Zeit, sich wieder etwas zu erholen. Er kroch auf allen vieren von Mason weg, kam wieder auf die Beine, und noch in der Bewegung fuhr er herum, um sich Mason zu stellen.

Flint war leider nicht so schnell, wie er es sich gewünscht hätte. Aber er musste den Mann bezwingen. Dass er selbst ja eine Schusswaffe trug, fiel ihm erst jetzt ein. Er wollte sie gerade hervorziehen, da warf sich sein Gegner bereits nach vorn.

Mason konnte ihm in seinem Zustand nicht ausweichen. Und so prallten beide zusammen, und beide schrien auf.

Oliver kippte nach vorn, Mason nach hinten, und wieder krachten sie zu Boden. Beide waren sie angeschlagen, und sie wussten auch, dass sie dem jeweils anderen keine Chance mehr geben durften.

Der Chauffeur stemmte sich hoch, was Mason zwar auch tat, aber der Schläger war schneller. Er stürzte sich auf Flint, drückte ihn mit seinem Gewicht wieder zu Boden und legte ihm beide Hände um die Kehle, um dann erbarmungslos zuzudrücken. Der Typ hatte nahezu übermenschliche Kraft, und seine Finger schlossen sich um Mason Flints Kehle wie Stahlklammern. Er würgte Mason, wollte ihm das Leben aus dem Leib pressen, das las der Polizist im Gesicht des Mannes, das zur grässlichen Fratze verzerrt über ihm schwebte.

Mason wurde die Luft knapp. Es ging ums nackte Überleben. Er riss seine eigenen Arme hoch und auseinander, sprengte damit den Griff des Gegners. Dessen Kopf befand sich plötzlich zwischen Masons Fäusten, und so heftig er konnte, schlug Mason die Fäuste zusammen, hämmerte sie auf die Ohren des Mannes.

Der gurgelte auf. Dann erwischte ihn der nächste knallharte Treffer, ließ seine Unterlippe aufplatzen. Blut spritzte Mason ins Gesicht.

Doch sein Gegner gab nicht auf. Masons nächsten Schlag blockte er mit dem Unterarm ab, dann packte er wieder zu, umklammerte Masons Kehle und würgte ihn erneut.

Mason griff mit einer Hand zum Würgegriff des Chauffeurs, während die andere Hand, zur Faust geballt, dessen Gesicht bearbeitete. Er bekam den rechten kleinen Finger des Mannes zu fassen, bog ihn ruckartig zurück und spürte, wie der Knochen brach, worauf sein Gegner in die Höhe schoss. Ein anderer hätte geschrien, er jedoch blieb still, fuhr nur hoch, blieb in seiner knienden Haltung und wirkte wie eine starre Figur.

Sein Gesicht war verzerrt, doch Mason wusste, dass es nur Sekunden dauern würde, bis er die Schmerzen überwunden hatte.

Erneut drosch er zu, traf das Gesicht des Mannes

und schlug ihm die Nase ein. Tränen schossen in die Augen des Chauffeurs, während ihm das Blut aus der Nase spritzte.

Der nächste Schlag erwischte ihn am Hals, und er kippte nach hinten. Sofort rollte sich Flint zur anderen Seite hin. Er war angeschlagen, aber noch längst nicht am Ende. Er kroch von seinem Gegner weg und stemmte sich hoch.

Oliver hockte am Boden. Auch er war angeschlagen, aber nicht ausgeschaltet. Und er hatte ein Messer gezogen, um es nach Mason zu werfen. Er hielt es in der rechten Hand, hob den Arm …

Mason Flint bekam es mit, auch wenn er die Gestalt nur verschwommen wahrnahm. Die Absicht seines Feindes war jedoch klar, und aus dieser Entfernung konnte er ihn gar nicht verfehlen.

Masons Pistole steckte im Gürtelholster an seiner linken Hüfte. Doch er würde die Glock nicht rechtzeitig genug ziehen und schießen können, um den Killer zu stoppen. Auf jeden Fall würde er das Messer vorher werfen.

Da aber tat der Kerl etwas, was Mason nicht begriff. Es musste etwas tief im Innern des Killers wüten, vielleicht ein irrer Hass, eine wahnsinnige Wut, was auch immer. Jedenfalls schleuderte er das Messer nicht, sondern raffte noch mal seine Kräfte zusammen und kam keuchend hoch. Er schwankte, doch er hielt sich auf den Beinen und stampfte auf seinen Gegner zu.

Es war klar, was er vorhatte. Er wollte Mason das

Messer in den Leib rammen und seiner Chefin dann die Leiche ihres Feindes präsentierten.

Mason sah seine Chance, doch er musste schnell handeln. Mit einer blitzartigen Routinebewegung zog er die Glock, und als Oliver die Waffe auf sich gerichtet sah, riss er erstaunt die Augen auf.

Mason Flint zog den Stecher durch. Nicht nur ein-, sondern zweimal.

Oliver lief schwankend in die Geschosse hinein. Er hatte etwa die Hälfte der Distanz hinter sich, da schlugen die Kugeln in seinen Körper. Sie stoppten ihn nicht. Er stolperte weiter vorwärts, sodass sich Mason zur Seite werfen musste.

Er hörte einen dumpfen Aufschlag, richtete sich auf, wandte den Kopf und sah seinen Gegner am Boden liegen. Er war genau dort hingefallen, wo Mason Flint noch vor wenigen Sekunden gelegen hatte, und hatte dabei die Klinge tief in den weichen Boden gerammt.

Der Mann lebte nicht mehr …

Mason Flint saß auf dem feuchten Boden und schüttelte den Kopf. Dabei empfand er einerseits Erleichterung, dass der Kerl, der ihn hatte killen wollen, letztendlich damit gescheitert war.

Dennoch – er hatte einen Menschen getötet, und das bedrückte ihn, fiel ihm schwer zu akzeptieren. Es war der zweite Mann, den er innerhalb von knapp vierundzwanzig Stunden erschossen hatte, und beide waren sie Diener der Doriana Gray gewesen.

Er dachte über Doriana nach. Aus eigenem Antrieb hätte der Chauffeur ihn nicht angegriffen. Sie hatte ihm den Befehl dazu gegeben, und Mason kam der Gedanke, dass dieser Mann vielleicht gar nicht gewusst hatte, was er tat, dass er wie Frenchy unter Hypnose gestanden hatte.

Wenn das stimmte, hatte er – Mason Flint – einen eigentlich unschuldigen Menschen getötet. Wenn auch in Notwehr. Schlimm war es trotzdem, und der Gedanke belastete auf einmal schwer sein Gewissen.

Aber hatte Doriana wirklich seinen Tod befohlen? „*Bereite ihn vor*", sagte Doriana zu dem Chauffeur gesagt, „*und dann bring ihn zu mir aufs Boot. Ich habe Hunger!*"

Nein, Doriana hatte gar nicht gewollt, dass er getötet wurde. Er hatte nur eine Abreibung kassieren sollen, der Mann hatte ihn fertig und wehrlos machen sollen, damit dieses verdammte Weib besser an sein Blut herankommen konnte.

Mason erschrak selbst über diesen Gedanken. Er war bereits so weit, dass er an der Existenz von Vampiren keinerlei Zweifel mehr hegte, dass er sie ansah wie normale Menschen.

Das war irgendwie erschreckend. Hätte man ihn vor einem Monat mit einer derartigen Situation konfrontiert, er hätte nur gelacht und das alles als Spinnerei abgetan. Das aber war nicht mehr der Fall, und Mason erkannte, dass er sich an einem Scheideweg befand. Von nun an war er gezwungen umzudenken. Er konnte die Existenz dieser Vampirin nicht mehr verleugnen, sie nicht mehr ignorieren.

Sofort dachte er noch einen Schritt weiter. Wer sagte ihm denn, dass Doriana die einzige Blutsaugerin war, die London unsicher machte? Es konnten zahlreiche dieser schrecklichen Wiedergänger in der englischen Metropole ihr Unwesen treiben.

Der Weg bis zum Boot war nicht weit. Und dort an Bord wartete eine sechsfache Mörderin auf ihn. Jedenfalls ging Mason Flint davon aus, dass Doriana die sechs Menschen auf dem Gewissen hatte. Eine andere Lösung konnte er sich mittlerweile nicht mehr vorstellen.

Das hieß … nein, er ging nur davon aus, dass Doriana, die Vampirin, diese Menschen gebissen und leergesaugt hatte. Aber jemand hatte ihren Opfern anschließend die Hutnadeln in die Herzen gestoßen. Warum war das geschehen?

Es war für ihn noch unmöglich, darauf eine Antwort zu geben.

Allmählich hatte er die Folgen des Kampfes überwunden und stand auf. Er wollte endlich die ganze Wahrheit erfahren. Und die erhielt er nicht hier im Freien präsentiert, sondern musste sie sich auf dem Hausboot holen. Er war gespannt, wie Doriana reagieren würde, wenn sie erfuhr, dass er auch ihren zweiten Chauffeur erledigt hatte. Allmählich wurde das zu einer Art Hobby, dachte er zynisch.

Die Leiche des Mannes bedachte er mit keinem Blick mehr, während er sich in Richtung des Steges schleppte, der am Hausboot endete.

Die Schüsse schien niemand gehört zu haben. Es konnte auch sein, dass sich in dieser Gegend schlichtweg keiner darum kümmerte. Ihm war es letztendlich egal, er wollte nur noch die Wahrheit erfahren, und dazu gehörte auch, was mit Frenchy Davies passiert war.

Sie war wie vom Erdboden verschluckt, und er würde Doriana auch in dieser Hinsicht entsprechende Fragen stellen. Die Vorstellung, dass Doriana vielleicht sogar Frenchys Blut getrunken hatte, war zwar grauenvoll, aber er musste die Wahrheit erfahren, egal, wie schlimm sie auch war.

Er sah den Steg vor sich liegen und blieb stehen. Es waren nur ein paar Schritte, dann würde er das Hausboot erreicht haben. Ihm war heiß und zugleich kalt. Die Glock steckte wieder an seiner linken Seite an der Hüfte und wurde vom Jackett zugedeckt; es befanden sich noch genügend Kugeln im Magazin, um Doriana zur Hölle zu schicken.

Als er darüber nachdachte, musste er sich seinen Irrtum eingestehen. Mit normalen Kugeln war ein Vampir nicht zu vernichten. Da brauchte es andere Waffen, die er aber nicht bei sich trug. Dennoch – Mason wollte keinen Rückzieher mehr machen.

Er schritt über den Steg. Auf dem Rasen waren seine Schritte nicht zu hören gewesen, über das Gras hatte er sich so gut wie lautlos bewegen können. Doch nun erzeugten seine Tritte leise Echos auf dem Holz.

Der alte Kahn sah nicht besonders gepflegt aus. Auch

in der Dunkelheit sah er, dass sich Gerümpel auf dem Deck türmte. Alte Metallteile lagen dort herum, verbogenes Blech und sogar ein rostiger Anker.

Mason suchte nach einem Zugang, um unter Deck zu gelangen, und als er nach links in Richtung Heck schaute, sah er den schwachen Lichtschimmer, der aus der Tiefe nach oben drang.

Er wandte sich in diese Richtung. Jeden Schritt setzte er vorsichtig – und trotzdem war er nicht leise genug, denn auf einmal erklang unter Deck eine Frauenstimme.

„He, Mason, bist du es? Ha, das habe ich mir schon gedacht."

„Komm hoch!", rief er.

Doriana lachte. „Nein, auf keinen Fall. Du musst zu *mir* kommen. Ich warte unter Deck auf dich. Hier unten wird es nur uns beide geben."

„Ja, darauf freue ich mich schon!", gab er verbissen zurück.

Doriana aber lachte, und dieses Lachen erzeugte auf Masons Rücken eine Gänsehaut …

14

Dunkelheit. Ein feucht-fauliger Geruch. Das Geräusch von Wellen, die außen gegen die Bordwand schlugen. Der enge Raum unter Deck wirkte wie eine Höhle oder ein Verlies. Dort brachte man unter, was vorerst nicht mehr gebraucht wurde: Alte stinkende Lumpen lagen darin herum, zwei verschimmelte Matratzen und irgendwelche Holzlatten, aus denen rostige Nägel hervorschauten.

In der Finsternis lag eine Frau, reglos und wie tot, mit verrenkten Gliedern, als hätte ihr Mörder sie nach der Bluttat einfach weggeworfen. Und sie war auch auf eine besondere Art und Weise gestorben.

An ihrer linken Halsseite befanden sich zwei dunkelrote Bissstellen. Dort hatte Doriana ihre Zähne in Frenchy Davies' Hals gesenkt und ihr Blut getrunken.

Doch wirklich tot war sie nicht. Sie war nach dem Biss in einen tiefen, einen komaähnlichen Zustand gefallen. Nun aber kam sie langsam wieder zu sich – und trat damit ein in eine neue Existenz.

Der Keim des Vampirs hatte sich in ihrem Körper ausgebreitet und entfaltet. Sie war hinüber auf die andere Seite gewechselt, und als sie nun wieder zurückkehrte, wurde sie von etwas beherrscht, das sie als Lebende nie zuvor verspürt hatte.

Blutgier.

Genau das war es. Sie gierte nach Blut. Frenchy konnte an nichts anderes mehr denken als an den roten Lebenssaft eines lebenden Menschen. All das, was ihr Dasein ansonsten ausgemacht hatte, musste dieser Gier weichen. Das Blut war wichtig, denn sie benötigte es, um existieren zu können. Sie wollte es trinken, sie wollte es schmecken, sie wollte es genießen und sich ihm voll und ganz hingeben.

Ein Röcheln entrang sich ihrer Kehle. Dann leckte sie sich über die Lippen, die trocken geworden waren. Es gab genug Blut. Es gab Blut in Unmengen. In den Körpern lebender Menschen. Sie musste sich nur einen schnappen, ihn beißen und leersaugen.

Doch noch lag sie starr auf den Lumpen. Aber das sollte sich ändern. Schon rührte sie sich, wobei ihre ersten Bewegungen nicht mehr als ein Zucken waren.

Dann richtete sie sich auf, kam aber noch nicht gleich auf die Beine, sondern blieb vorerst in einer knienden Haltung. Dabei gab sie Geräusche von sich wie ein schnüffelndes Tier, das nach Beute wittert. Sie riss den Mund auf, in dem spitze Fangzähne saßen.

Vampirzähne!

Die würde sie in die Leiber der Menschen schlagen, um an den kostbaren Saft zu gelangen.

Sie schrie auf. Der bloße Gedanke an das Blut der Menschen machte sie verrückt. Sie hielt es in diesem verdammten Verlies nicht mehr länger aus. Sie wollte, sie musste weg, denn hier unten gab es nicht, wonach sie gierte.

Die Dunkelheit machte ihr nichts aus. Im Gegensatz zu ihrem vorherigen Leben war sie zu einem Freund geworden. Sie konnte sogar sehen, und das, obwohl es in diesem Raum kein Licht gab.

Raus. Weg hier. An etwas anderes konnte sie nicht denken. Sie fühlte sich so schwach, wollte endlich trinken, denn das Blut würde ihr neue Kraft geben.

Deshalb musste sie raus aus diesem Gefängnis, und Frenchy suchte nach einem Ausgang.

Wie ein gefangenes Tier lief sie wütend hin und her. Sie schlug auch mit der Faust gegen die Tür, die sie aber nicht aufbekam, denn die war von außen verriegelt.

Frenchy konnte einfach nicht mehr klar denken, denn die Gier nach Blut war übermächtig.

Vor der Schiffswand blieb sie stehen, und der irre Gedanke kam ihr, sie zu durchbrechen. Nachdem sie mehrmals dagegengeschlagen hatte, ließ das Geräusch, das dabei entstanden war, sie innehalten. Es klang so anders, nicht dumpf, mehr hohl, und als sie genauer hinschaute, erkannte sie, dass sich durch ihre wilden Schläge zwei Planken gelöst hatten. Sie waren nicht völlig weggebrochen, aber sie standen wenige Zentimeter aus der Wand.

So konnte sie sich vielleicht einen Ausgang schaffen.

Die Gier nach dem roten Lebenssaft verlieh ihr übermenschliche Kraft. Mit beiden Händen packte sie zu, zerrte an den Planken und hörte das Holz brechen.

Sie wunderte sich darüber, wie leicht es ihr fiel, die Bretter zu lösen. Das hätte sie als Mensch niemals geschafft. Es war ein Kinderspiel für sie, die waagerecht angebrachten Planken aus ihrem Gefüge zu reißen.

Da merkte sie, dass etwas Spitzes durch ihren Handballen glitt. Es war ein rostiger langer Nagel, der ihre Hand durchbohrt hatte und am Handrücken wieder herausgetreten war.

Frenchy schaute auf ihre durchbohrte Hand und musste lachen. Sie verspürte keinerlei Schmerz, spürt nichts. Langsam und beinahe genussvoll zog sie die Hand wieder aus dem Nagel.

Kein Blut trat aus der Wunde, nicht ein einziger Tropfen. In Frenchys Körper war kein Blut mehr, und deshalb brauchte sie den roten Lebenssaft eines Menschen, und zwar so schnell wie möglich.

Noch war der Weg nicht frei.

Sie arbeitete verbissen weiter, zerrte noch andere Planken aus der Wand, während Wasser in das Boot schwappte, aber nicht in Massen, denn das Loch, das sie schuf, befand sich dicht über dem Wasserspiegel. Sie schaute durch die Öffnung und sah eine schräge dunkle Wand vor sich, auf der Gras wuchs und von einem leichten Wind gekämmt wurde.

Es war die Uferböschung!

Frenchy fuhr verbissen in ihrer Arbeit fort. Sie erweiterte die Öffnung, dann konnte sie sich durch das Loch winden, stieß sich ab und landete auf der Böschung.

Sie ruhte sich nicht aus, sondern huschte wie ein Schatten nach oben, der Welt der Lebenden entgegen.

Und den Menschen und ihrem Blut ...

Mason Flint wusste nicht, wo genau sich Doriana Gray aufhielt, aber sie steckte unter Deck.

Die Sinne des Polizisten waren angespannt. Er musste verdammt achtgeben, traute dieser Person jede Art von Falle zu. Ob sie aus einem Versteck heraus beobachtet hatte, wie der Kampf ausgegangen war?

Auf dem Deck des Hausboots lag zahlreiches Gerümpel herum, über das er hinwegsteigen musste, um unter Deck zu gelangen.

Er sah die offene Luke. Eine Leiter führte hinab in den Bauch des Kahns. Dort war es nicht ganz dunkel; Mason sah den flackernden Schein von Kerzen.

Er war vor der Luke stehen geblieben und zuckte leicht zusammen, als er erneut die Stimme hörte.

„Ich rieche dich, Mason. Ich rieche dein Blut. Ich will dich, und du willst mich. Denn du willst endlich die Wahrheit wissen. Also komm zu mir, denn nur hier unten kannst du erfahren, worum es in Wirklichkeit geht. Oder hast du Angst?"

„Nein!"

„Dann komm!"

Mason überlegte, ob er seine Pistole ziehen sollte. Doch er entschied sich dagegen, denn er wusste, dass man einem Untoten mit einer normalen Kugel nicht zu Leibe rücken konnte. Zumindest wenn stimmte, was er über Vampire und Zombies in Romanen gelesen oder in Filmen gesehen hatte. Doriana Gray war ein anderes Kaliber als ihr Leibwächter, der durchaus ein Mensch gewesen war. Sie aber war kein lebendes Wesen mehr, davon war er überzeugt.

Die Stufen waren schmal, die Treppe entsprechend

steil. Er musste schon achtgeben, um nicht auszugleiten, und er wurde noch vorsichtiger, als das Holz unter seinem Gewicht leicht nachgab und knirschte.

Aber er ging weiter. Der Geruch von verbrennendem Wachs wehte ihm entgegen. Am Ende des Niedergangs sah er eine Tür und rechts und links davon die beiden auf eisernen Halterungen steckenden Kerzen. Dick wie Arme waren sie, und ihr flackernder Schein rief Schatten hervor, die wie Gespenster über die Innenwände tanzten.

Er wollte die Tür aufziehen, um den dahinterliegenden Raum zu betreten, als er wieder die Stimme hörte. Sie drang hinter der Tür hervor.

„Ich rieche dich, mein Freund. Ich rieche deine Nähe, und ich freue mich auf dich."

Mason gab keine Antwort, sondern drückte den Fuß gegen die Tür, damit sie aufschwang. Dann schaute er in eine große Kabine, wo das Licht einer weiteren dicken Kerze eine fast warme und gemütliche Atmosphäre schuf. Es kam ihm vor, als wäre die Zeit hier stehen geblieben, denn so hatte man sich vor mehr als hundert Jahren eingerichtet.

Sein Blick wurde von einem großen Bild angezogen, das in der Mitte der Kabine stand, auf einer Staffelei, aber was es zeigte, war nicht zu sehen, denn Doriana hatte das Bild mit einem dunklen Tuch verhängt.

Sie selbst saß in einem Sessel. Es war ein sehr hohes Möbelstück mit einer gebogenen Rückenlehne. Im weichen Licht der Kerzen sah sie noch begehrenswerter aus als sonst. Sie war eine schöne Frau. Es war kaum vorstellbar, dass es sich bei ihr in Wirklichkeit um ein Ungeheuer handelte, das Menschenblut trank.

Es gab auch noch einen Tisch mit gebogenen Beinen und einen weiteren Sessel.

Doriana lächelte Mason entgegen und deutete lässig auf den noch freien Sessel.

„Willkommen, Mason Flint. Nimm Platz."

„Wollen wir es uns jetzt gemütlich machen?"

„Ich denke, das sollten wir."

„Okay, ich habe nichts dagegen."

„Hier wird uns niemand stören, Mason", sagte sie und schaute ihn an mit Augen, deren Blick ihn irgendwie an eine Katze erinnerte. „Wir sind unter uns. Also ganz allein. Ich weiß, dass du neugierig bist, und ich verspreche dir, dass ich deine Fragen beantworten werde."

„Würde mich freuen", knurrte er.

„Und was möchtest du wissen?"

„Alles. Alles über dich."

Sie legte den Kopf in den Nacken und lachte. „Ja, das kann ich mir denken." Dann senkte sie wieder den Kopf und starrte ihn mit Augen an, aus denen ihm nackte Gefahr entgegenschlug. „Du willst alles wissen. Aber wirst du dieses Wissen auch verkraften?"

„Das Risiko gehe ich ein."

„Bravo, ein mutiger Mann." Sie beugte sich leicht vor. „Aber du musst dich öffnen, Mason. Du musst das, was du bisher für unmöglich gehalten hast, akzeptieren."

„Verstanden, Frau Lehrerin.“

Wieder blitzte es in ihren Augen. „Hör auf zu spotten. Es ist mir ernst!“

Mason saß ihr gegenüber und lehnte sich zurück, wobei er die Beine übereinanderschlug. Er gab sich nach außen hin locker, war aber in der Wirklichkeit weiterhin auf der Hut, denn trauen konnte er Doriana nicht.

„Du hast inzwischen hoffentlich kapiert, dass es Vampire gibt“, fuhr sie fort, „und zwar nicht nur in Filmen und Romanen, sondern auch in der Realität.“

„Sicher.“

„Und dass ich auch dazu gehöre“, sagte sie. „Ich brauche das Blut der Menschen, um existieren zu können. Das sind die alten Gesetze, denen auch ich gehorchen muss. Aber es gibt Ausnahmen unter den Vampiren. Besondere Vampire. Und ich bin eine davon.“

Er hob interessiert eine Augenbraue. „Und was bedeutet das?“

Doriana Gray schwieg zunächst. Sie fixierte ihr Gegenüber mit einem harten Blick. Dann sagte sie mit leiser Stimme: „Es bedeutet, dass ich beides bin – Vampir und Mensch.“

Mason war überrascht und musste diese Neuigkeit erst mal verdauen. „Das … äh, versteh ich nicht.“

„Ja, noch nicht“, sagte sie locker. „Nun, ich werde es dir erklären. Deshalb bin ich hier, und deshalb sitzt du vor mir.“ Wieder fixierte ihn ihr Blick, dann eröffnete sie ihm: „Ich führte eine Doppelexistenz.“

„Aha“, antwortete er spöttisch.

Sie sah ihn verwundert an. „Ist das alles, was du dazu zu sagen hast? Du enttäuschst mich, Mason Flint."

„Nun, was soll ich dazu sagen?", fragte Mason und hob die Schultern. „Ich habe es bisher immer nur mit Menschen zu tun gehabt, die nur einmal vorhanden sind."

„Ja ..." Sie nickte. „Aber bei mir ist das anders. Ich existiere gleich zweimal, was sagst du dazu?"

Er zuckte erneut mit den Schultern. „Das hört sich für mich recht unwahrscheinlich an, muss ich sagen. Aber ich denke mal, dass du es mir erklären wirst." Mason wunderte sich selbst darüber, wie ruhig er sprach, als wäre dies eine ganz normale Unterhaltung.

„Ich habe mich bisher noch keinem Menschen offenbart", sagte Doriana. „Du bist der Erste."

„Das ehrt mich."

Sie ging auf seinen Spott nicht ein. „Ich habe zwei Ichs. Das eine Ich ist das eines Menschen, Mason. Das andere aber ist die Vampirin, die Blutsaugerin in mir. Ja, ich muss Blut trinken – das Blut von Menschen –, denn ich will mein Leben und meine Jugend behalten. Verstehst du jetzt auch, was es mit diesem Fall auf sich hat, an dem du arbeitest?"

Er nickte. „Du sprichst von den sechs Toten, die wir gefunden haben. In ihren Körpern befand sich kein Tropfen Blut mehr, dafür hatten sie Bissmale an den Hälsen. Und außerdem steckten in ihren Herzen versilberte Hutnadeln. So ganz krieg ich das noch immer nicht auf die Reihe."

„Und dabei ist es ganz einfach."

„Für dich."

„Nein, auch für dich, wenn du nachdenkst. Des Rätsels Lösung hängt mit meiner Doppelexistenz zusammen, so leicht ist das. Ich brauche Blut – oder vielmehr: Mein vampirisches Ich braucht es. Aber in mir steckt noch das andere, das menschliche Ich. Und wenn ich das Blut getrunken habe, überkommt mich Reue. Dann erkenne ich die Folgen dessen, was ich getan habe."

„Menschen getötet", sagte Mason.

„Nein", widersprach sie. „Menschen in Vampire verwandelt. Vampire, die ebenfalls auf Blutjagd gehen und neue Vampire schaffen."

„Aber seit wann zeigen Vampire Reue?", fragte er. „Das kann ich mir nicht vorstellen."

Fast zornig über seine Begriffsstutzigkeit schüttelte sie den Kopf. „Ich habe von meiner anderen Existenz gesprochen, davon, dass ich andererseits auch ein Mensch bin. Dieser Mensch und das Wesen, das nach Blut giert – zwei Persönlichkeiten, die sich die Waage halten. Wenn ich satt bin und dann die Opfer vor mir sehe, überkommt mich tatsächlich Reue, ob du es glaubst oder nicht. Dann muss ich etwas tun, darf nicht zulassen, dass auch sie auf Blutjagd gehen und noch mehr Menschen aussaugen. Deshalb habe ich sie ..."

„Getötet!", sagte Mason.

„Ja. Endlich hast du es begriffen." Sie klatschte in die Hände. „Ich habe praktisch mein Gewissen wieder beruhigt, indem ich ihnen die Hutnadeln in die Herzen stieß. Silberne Hutnadeln, Mason. Du weißt, dass Silber tödlich für Wesen meiner Art ist, oder?“

Mason nickte nur, doch er sagte zunächst nichts mehr. Er hatte sehr konzentriert zugehört und musste zugeben, dass ihn dieses Geständnis erstaunte.

Doch war das wirklich alles, die ganze Wahrheit?

Doriana merkte, dass er Probleme damit hatte. Sie lachte ihn an. „Kommst du damit nicht zurecht?“

„Nur schwer.“

„Was ist das Problem?“

„Du!“

„Ich? Warum ich? Ich habe dir alles erklärt. Du weißt jetzt, was mit mir los ist.“

„Das schon. Aber ich habe Probleme damit, deine andere Existenz zu akzeptieren, das menschliche Ich, von dem du gesprochen hast. Kannst du mir diese zweite Existenz beweisen? Diese Hutnadeln, von denen du gesprochen hast und mit denen du auch getötet hast, sind sehr alt. Da frage ich mich, ob deine beiden Persönlichkeiten auch schon in der Vergangenheit existiert haben ...“

Sie nickte. „Gut, Mason, weiter.“

„... und ob sie mit einer Person zu tun haben, die mal in der US-Botschaft gearbeitet hat und als Mörderin entlarvt wurde.“

Doriana verzog die blutrot geschminkten Lippen zu einem strahlenden Lächeln. „Nicht schlecht gedacht, mein Freund. Du lernst dazu.“

„War nicht schwer. Also liege ich richtig, ja?“

„Ja, ich habe damals bereits gelebt, und ich arbeitete in der Botschaft. Bis man mich des Mordes überführte und hinrichten wollte. Aber ich konnte entkommen." Sie schaute Mason mit funkelnden Augen an. „Wenn ich ehrlich sein soll, dieses ewige Leben mit zwei Existenzen ist ein Fluch. Ja, ein verdammter Fluch."

„Den du loswerden willst?"

„Vielleicht ..." Ihr Blick schien auf einmal in weite Ferne gerückt. „Du wirst lachen, ich selbst sehe mich weder als Vampirin und noch als Mensch. Ich bin ein Zwischending, stehe zwischen Gut und Böse. Ich selbst bezeichne mich als Hexerin. Ja, ich bin eine Hexe, eine Frau mit starken übersinnlichen Kräften, die sie sowohl zum Guten als auch zum Bösen nutzen kann. Kräfte, die nur geweckt werden müssen."

„Aha", sagte Mason Flint, noch immer verwirrt, wie er sich selbst gegenüber eingestehen musste. „Du bist also einerseits eine Hexe, andererseits aber auch eine Vampirin, und nur das Blut der Menschen hält dich am Leben."

Sie nickte zuerst, dann aber versteifte sich ihre Haltung, und sie schüttelte den Kopf. „Nicht nur das Blut, Mason", sagte sie mit leiser Stimme. „Denn wie du dir denken kannst, bin ich keine normale Vampirin, sonst wäre diese Doppelexistenz nicht möglich. Es gibt noch etwas anderes, das dies alles möglich macht, das mich all die lange Zeit über am Leben hielt."

Ruckartig stand die Blutsaugerin auf, und Mason Flint rechnete schon damit, angegriffen zu werden, aber nicht er, sondern das verhängte Bild war ihr Ziel. Davor blieb sie stehen, und mit einer schnellen und heftigen Bewegung zog sie das Tuch von der Staffelei.

Es flatterte zu Boden und gab das Gemälde frei.

Mason traute seinen Augen nicht.

Das Bild zeigte Doriana Gray. Ihre beiden Vampirzähne waren auf dem Gemälde deutlich zu sehen ...

Mason Flint starrte auf das Gemälde und auf die darauf abgebildete Person, und ihm kam ein Gedanke – ein so fantastischer Gedanke, dass er scharf die Luft einsog, bevor er wieder Dorry ansah.

„Du heißt Doriana Gray, nicht wahr?"

„So lautet mein Name."

„Es gab mal einen Dichter, einen Oscar Wilde, der über einen Dorian Gray geschrieben hat."

„Stimmt", sagte Dorry fast amüsiert.

„Und sein Haus, so sagte man, stand auf dem Gelände, wo sich jetzt die Botschaft der Vereinigten Staaten befindet."

„Richtig."

„Aber es gab keinen Dorian Gray. Sein Autor Oscar Wilde hat ihn erfunden."

„Bist du sicher?"

Mason Flint lachte auf, er konnte nicht anders. „Was heißt denn sicher? Ich weiß es nicht. Ich weiß gar nichts mehr. Wie soll ich noch sicher sein können nach dem, was ich erlebt habe? Ich könnte jetzt sagen, dass du die Schwester von Dorian Gray bist."

„Möglich ist es."

„Dann kann Dorian Gray keine Erfindung sein. Dann muss er wirklich gelebt haben."

„Oder aber", sagte Dorry, „Oscar Wilde hat von mir gehört und auch von diesem Gemälde, aber er hat die wahre Geschichte nicht durchschaut und machte aus dem, was ihm zu Ohren kam, seine eigene Geschichte, die kaum noch etwas mit der Wahrheit zu tun hatte, und aus Doriana Gray einen Dorian Gray, weil ihm ein männlicher Protagonist für seine Geschichte besser gefiel."

Mason Flint wusste nicht mehr, was er denken sollte. Was stimmte, was nicht? Vermischten sich in diesem Fall Wahrheiten und Fiktion?

„Bei Oscar Wilde hat das Bild in gewisser Hinsicht gelebt", flüsterte er, „und ich frage mich, ob das auch hier der Fall ist." Er schüttelte den Kopf, weil er diesen Gedanken eigentlich gar nicht zulassen wollte.

„Es enthält meine vampirische Existenz, Mason", erklärte Doriana. „Dieses Bild ist wichtig, denn durch dieses Gemälde bin ich das, was du vor dir siehst – Vampirin und Hexerin zugleich, Blutsaugerin und auch Mensch. Die Nacht drängt mein menschliches Ich zurück, dann hole ich mir die Nahrung, die ich brauche. Die Reue überkommt mich erst später."

„Ja, ich weiß", murmelte er. „Sechs Leichen haben wir gefunden und ..." Er stockte. „Warum nur sechs Leichen?", fragte er dann. „Wenn du schon so lange lebst, warum hat das Morden dann jetzt erst angefangen?"

„Oh, es fing schon viel früher an“, bekannte sie. „Ich habe die Menschen gebissen, sie wurden zu Vampiren, dann habe ich sie ›erlöst‹, und zwar auf die unterschiedlichsten Arten. Die silbernen Hutnadeln zu benutzen, darauf kam ich erst vor einiger Zeit. Und da wies ich meine Helfer auch nicht mehr an, die Leichen verschwinden zu lassen.“ Plötzlich veränderte sich ihr Blick, wurde sanfter, nachdenklicher. „Vielleicht wollte ich die Polizei auf mein Treiben aufmerksam machen. Vielleicht wollte die andere Frau in mir, die Nichtvampirin, eine Fährte legen, damit man mich endlich schnappt und das Töten beendet.“

Mason nickte. „Deshalb diese auffälligen Nadeln.“ Er musterte sie. „Was waren das für Helfer, die du gerade erwähnt hast? Leute wie Goran Simincu? Oder wie der Typ, den ich gerade draußen fertiggemacht habe?“

Auf einmal wurde ihr Blick wieder hart und eisig. „Ja, Mason. Typen wie Simincu. *Unschuldige* Männer.“

Er horchte auf. „Unschuldig?“

Sie lächelte kalt. „Hypnose, Mason. So wie bei deiner kleinen Freundin Frenchy. Diese Leute wussten nicht, was sie taten. Aber sie waren gezwungen, mir zu gehorchen. Und du hast Goran und Oliver getötet, sie beide gekillt, obwohl sie in Wirklichkeit völlig unschuldig waren.“

Mason ballte vor Wut die Hände zu Fäusten, so fest, dass die Knöchel weiß hervortraten. „Du … du *Biest!*“ Nur mit Mühe hielt er sich unter Kontrolle. „Und die Menschen in der US-Botschaft?“

„Standen ebenfalls alle unter meinem hypnotischen Befehl“, bekannte sie süffisant.

„Auch Simon Hill?“

Sie nickte. „Auch der.“

„Warum?“

Sie hob die Schultern. „Der Bentley, ein eigener Fahrer, ein Diplomatenkennzeichen, sodass sich kaum ein Polizist traut, den Wagen anzuhalten ... Es hat gewisse Vorteile, als Botschaftsangehörige aufzutreten.“

„Das war alles?“

Sie lächelte ihn an und lachte sogar leise. „Du hast doch längst herausgefunden, dass ich mal für die US-Botschaft gearbeitet habe, vor langer Zeit. Simon Hill hat dir das gesagt, weil ich es ihm erlaubt habe. Der Job bei der Botschaft war damals meine Tarnexistenz. Dann flog ich auf, denn es gelang mir nicht, eines meiner Opfer rechtzeitig verschwinden zu lassen.“ Sie zuckte mit den Schultern. „Nach über hundert Jahren bin ich zurückgekehrt. Irgendwie mag ich dieses alte Gebäude.“

Mason nickte, obwohl er noch immer Schwierigkeiten hatte, alles auf die Reihe zu bringen. „Aber die Spur mit den Hutnadeln ... Du hast sie gelegt – oder vielmehr dein anderes Ich –, damit man dir endlich auf die Schliche kommt, damit man deinem Treiben – dem Treiben deines Vampir-Ichs – ein Ende macht!“

Sie nickte und machte dabei ein ernstes Gesicht. „Ja, so kann man das wohl sehen.“

„Sechs Hutnadeln, sechs Leichen“, murmelte er.

Ihr hartes Lachen ließ ihn aufblicken. „Du irrst dich,

Mason. Es sind *sieben* Leichen. Denn ich habe mich heute schon gelabt." Ihre Gesichtszüge veränderten sich, wurden zu dem eines Tiers. „Das Blut war für mich wie ein köstliches Dessert. Und weißt du, wen ich als siebtes Opfer leergetrunken habe?"

Über seinen Rücken rann ein eisiger Schauer. Er sprach die Antwort noch nicht aus, aber er dachte unwillkürlich an eine junge Frau mit blonden Haaren, eine Frau, die er unendlich liebte, und als er wieder in Dorrys Gesicht blickte, sah er, dass sich ein höhnischer Ausdruck auf die Züge der Vampirin gelegt hatte.

„Es ist deine Geliebte …"

„Hör auf!", schrie er sie an.

„Es ist Frenchy …"

Er jagte aus dem Sessel hoch. „Hör auf, verdammt!"

„He, was ist los? Glaubst du mir nicht?"

Mason atmete schwer und stoßweise. Er musste es ihr glauben. Und er war geschockt.

Sich vorzustellen, dass Frenchy zu einer Vampirin geworden war, zu einer Kreatur der Finsternis, die nach Blut gierte, um weiterexistieren zu können – das raubte ihm geradezu den Verstand.

Und direkt vor ihm stand dieses überhebliche Weib, das dafür verantwortlich war und sich an seinem Schmerz labte.

„Wo steckt Frenchy?", presste er hervor.

„Die kannst du vergessen", antwortete Doriana hart. „Sie ist nicht mehr so, wie du sie kennst und in Erinnerung hast. Auch sie ernährt sich jetzt vom Blut der Menschen. Also denk um, dann können wir …“

„Ich will sie sehen!“, schrie Mason.

„Später.“

„Was heißt das?“

Ihr Blick veränderte sich auf einmal. Plötzlich sah Doriana ganz anders aus, und Mason erkannte in ihren Augen die wahnsinnige Gier nach dem Blut eines Menschen.

Und es gab in ihrer Nähe nur einen, den sie leertrinken konnte.

„Nein!“, flüsterte er.

„Doch!“, fauchte sie. „Doch, Mason Flint! Eigentlich wollte ich dich längst leersaugen. Oliver sollte dich bewusstlos zu mir schaffen, dann hätte ich mich über dich hergemacht. Aber du hast ihn getötet, und als Lohn für deinen Mut und deine Zähigkeit habe ich dir vor deinem Ende noch den Gefallen getan und dir die ganze Wahrheit verraten. Dennoch – an meinem letztendlichen Ziel hat sich nichts geändert.“

„Du willst mich aussaugen?“, fragte Mason, und er erschrak selbst darüber, wie brüchig seine Stimme klang.

„Das muss ich.“

„Dann“, schrie er sie an, „versuch es!“

„Und ob!“, zischte sie.

Und griff an …

15

In seinem bisherigen Leben hatte sich Mason Flint schon mit allen möglichen Gestalten herumschlagen müssen; er war durch eine verdammt harte Schule gegangen. Aber gegen ein Wesen wie Doriana hatte er noch nie gekämpft. Er wusste auch nicht viel über Vampire und welche Kräfte in ihnen steckten, abgesehen von dem, was er aus Romanen und Filmen kannte, aber das widersprach sich zu einem Gutteil.

Doriana ließ ihm nicht die Zeit, seine Pistole zu ziehen. Sie stürzte sich auf ihn, und Mason gelang es nicht mehr, ihr auszuweichen. Er wurde nach hinten gestoßen, geriet ins Stolpern und prallte mit dem Rücken gegen die innere Bordwand.

Doriana sprang erneut auf ihn zu, packte ihn, lachte dabei und riss den nicht eben leichten Mann mit einer lockeren Bewegung in die Höhe.

Mason kam zu keiner Gegenwehr. Er war völlig überrumpelt worden, was ihm bisher nur sehr, sehr selten passiert war.

Er wurde zu einem Spielzeug der Blutsaugerin. Sie musste sich nicht anstrengen, um ihn quer durch die Kabine zu schleudern, sodass er an der anderen Seite erneut gegen die Wand prallte.

Schmerzen jagten durch seinen Körper. Er hatte die Übersicht verloren und war völlig fertig, brauchte eine Pause. Doch die gönnte man ihm nicht. Er hörte ihre Schritte auf den Planken und auch das verdammte

Lachen seiner Gegnerin.

Und er hörte sich selbst schreien, als sie ihm mehrmals in den Leib trat. Doch das reichte ihr nicht; sie bückte sich und zerrte ihn wieder hoch.

Mason kam sich vor wie eine Puppe, als sie ihn erneut gegen die Wand schleuderte. Er wunderte sich über sich selbst, dass er noch die Kraft fand, sich wieder auf die Beine zu raffen.

Er holte keuchend Luft. Im Gegensatz zu dieser verdammten Vampirin brauchte er sie. Sie griff zunächst nicht wieder an. Mason sah sie dicht vor sich stehen, und er erkante, dass Doriana die Sache genoss.

Mit einer schon provozierenden Bewegung wischte sie sich über die Lippen. „Gleich trinke ich dein Blut, Mason Flint“, sagte sie mit bösem Grinsen und entblößte dabei ihre Vampirzähne.

Er keuchte und versuchte die Schmerzen im Kopf und in seinem Rücken zu unterdrücken. „Noch lebe ich!“, brachte er hervor – und trat zu.

Es war ein Hammertritt, der direkt in Dorianas Unterleib gezielt war. Mason sah den erstaunten Ausdruck in ihrem Gesicht, bevor sie den Gesetzen der Physik folgte und zurückstolperte, am Sessel vorbei, an dessen Lehne sie sich aber festklammerte.

Mason war schon auf dem Weg zu ihr. Endlich kam er dazu, seine Glock zu ziehen, legte an und schoss.

Ob er getroffen hatte oder nicht, wusste er nicht zu sagen. Jedenfalls kippte Doriana nicht um, und Mason kam nicht zu einem zweiten Schuss, denn blitzschnell riss sie den Sessel in die Höhe, als bestünde er aus Papier, und schleuderte ihn auf Mason zu. Der duckte sich zwar, konnte dem Möbelstück aber nicht gänzlich ausweichen; er wurde an der linken Schulter getroffen und zu Boden gerissen.

„Du Wurm! Du elender Menschenwurm!“ Doriana war rasend vor Wut und stakste auf Mason zu.

Der war schwer angeschlagen. Zudem lag der Sessel halb auf ihm. Um auf die Füße zu kommen, musste er sich erst von ihm befreien.

Mit der Schulter schob er ihn zur Seite. Dann drehte er sich zur Seite, um sich auf dem linken Arm abzustützen. Sein Atem hörte sich an wie das Fauchen eines Ungeheuers, und normal sehen konnte er auch nicht mehr. Die kleine Welt unter Deck um ihn herum schwankte, aber Mason Flint gab noch nicht auf.

Er wollte hoch, und er schaffte es auch.

Doch da packte sie ihn bereits wieder. Und diesmal befand sich Doriana in seinem Rücken. Ihre Hände waren wie Greifer aus Metall. Sie umklammerten seine Schultern, und er hörte ihre Flüsterstimme dicht an seinem rechten Ohr.

„Für dich gibt es keine Rettung mehr, Flint!“

„Noch lebe ich“, keuchte er.

„Aber schon bald wirst du ein Untoter sein. Wer weiß, vielleicht schaffe ich es ja diesmal, mein menschliches Ich zurückzudrängen, sodass es dich nicht erlöst. Dann wirst du als Vampir weiterexistieren.“ Sie schnupperte an seinem Ohr. „Doch zunächst mal werde ich dein Blut trinken. Ich rieche es bereits, und ich weiß, dass es mir munden wird wie keines zuvor. Versprochen, mein Freund."

„Irgendwann wird es auch dich erwischen, Dorry."

„Oh, dass du so etwas denkst", flüsterte sie ihm ins Ohr. „Weißt du denn nicht, dass wir Vampire unsterblich sind?"

„Nicht wirklich. Ein Pflock ins Herz, und du bist Asche."

Sie lachte leise. „Nur hast du leider keinen Pflock dabei, Mason Flint."

Mason redete nur aus einem Grund mit ihr: Er wollte Zeit gewinnen, um sich zu erholen und frische Kräfte zu sammeln. Aufgegeben hatte er sich noch nicht. Nein, nicht er. So ein Mensch war er nicht.

Doriana hielt ihn weiterhin fest im Griff, und er zuckte zusammen, als er an seiner linken Halsseite plötzlich etwas spürte, das über seine Haut glitt.

„Noch ist es nur meine Zunge", flüsterte sie. „Aber bald werden es meine Zahnspitzen sein, die dich zuerst liebkosen und dann zubeißen werden …"

Mason hörte die Worte und überlegte angestrengt, wie er sich aus dieser verzweifelten Lage befreien konnte. Empfanden Vampire Schmerzen wie normale Menschen? Würde es ihm etwas nutzen, wenn er ihr gegen das Schienbein trat oder ihr die Hacke auf den Fuß rammte?

Er sah die Glock am Boden liegen, zu weit weg, um an sie heranzukommen.

Doriana packte ihn fester, zerrte ihn durch die halbe Kabine und drehte ihn dann so herum, dass er aus nächster Nähe auf das verdammte Bild mit dem Porträt schauen musste.

„Hier wirst du dein neues Leben beginnen!“, erklärte sie ihm, und ihre Stimme klang heiser vor Gier nach Blut. „Diesen Ort habe ich für dich ausgesucht. Schau mich noch mal an. Sieh die beiden Zähne, die ich bald in deinen Hals senken werde. Ich liebe das helle Blut, wenn es aus einer Arterie schießt. Ich werde es schlucken und genießen. Es wird mich wunderbar stark machen.“

Er hörte ihr zu, hörte alles, aber seine Gedanken beschäftigten sich mit einem völlig anderen Thema.

Es ging ihm um das Bild.

In der Geschichte von Oscar Wilde war Dorian Gray auf dem Gemälde gealtert, während er selbst über all die Jahrzehnte jung geblieben war. Doch als er das Bild zerstörte, war dies auch sein Untergang gewesen.

War das vielleicht auch in der Realität möglich, in Dorianas Fall?

Er würde es versuchen. Er musste es, solange ihm noch Zeit blieb. Ein Messer, eine Axt oder Feuer standen ihm nicht zur Verfügung, doch die Angst um sein Leben brachte ihn auf eine irre Idee.

In der rechten Jackentasche steckte noch die letzte Hutnadel. Es war die mit dem Symbol der Sonne, die Frenchy ihm hatte ins Herz rammen sollen.

Seine Hand glitt in die Tasche. Doriana Gray war bereits derart auf den Biss konzentriert, dass sie nicht auf seine Bewegung achtete.

Er spürte das kühle Metall der Nadel zwischen seinen Fingern. Er selbst stand nahe genug vor dem Gemälde. Er würde mit Leichtigkeit …

Da unterbrach die Stimme der Blutsaugerin seine Gedanken: „Genug gesehen, Mason?“

„Ich denke.“

„Dann werde ich dir jetzt das Blut aussaugen. Ich weiß nicht, ob ich dich später vernichten werde. Vielleicht schaffe ich es, mein menschliches Ich zu unterdrücken. Wir werden sehen.“

Sie fasste nach seinem Kopf.

Mason ließ es geschehen.

Sie drehte den Kopf nach rechts, damit sich die Haut auf der linken Seite spannte.

Flint zog die Hand aus der Tasche.

Es interessierte Dorry nicht.

Sie wollte das Blut, und nur darauf waren ihre Sinne gerichtet. Mason hörte ganz dicht an seinem Ohr ein leises Fauchen, das sie ausstieß, als sie den Mund weit aufriss.

Und Mason Flint stieß zu!

Er rammte die Hutnadel mit aller Kraft in die Leinwand, und zwar genau dort, wo bei einem Menschen das Herz sitzt.

Auf einmal ließ Doriana ihn los, und er sackte haltlos in die Knie …

Doriana hatte ihn nicht mehr halten können. Gerade noch hatte sie zubeißen wollen – nun starrte sie voller Entsetzen auf eine Szene, die sie schlichtweg nicht fassen konnte.

„Nein!“, hörte Mason sie schreien. „Neeeiiinnn …!“

Mason Flint sah nicht, wie sie zurückwankte. Er hatte nur Augen für das Gemälde.

Die Nadel steckte in der Brust der dort abgebildeten Frau, aber das war nicht alles, denn die tote Materie lebte auf einmal, so schien es. Das Bild veränderte sich, wellte sich, und diese Wellen erfassten auch die Person auf der Leinwand. Ihr Aussehen veränderte sich, das Gesicht verzerrte sich, der Körper wurde leicht in die Länge gezogen.

Mason Flint drückte sich langsam und staunend wieder in die Höhe. Eine Wolke widerlichen Gestanks wehte ihm entgegen. Sie drang aus dem Gemälde und raubte ihm den Atem. Dann sah er auch den Dampf oder Nebel, der sich von dem Gemälde löste.

Er starrte das Bild fassungslos an.

Die Farbe auf der Leinwand brodelte, warf Blasen, und Mason hörte sie auch zischen, als würde sie verdampfen.

Die Gestalt auf dem Bild hatte sich mittlerweile völlig verändert. Auch auf dem Gesicht bildeten sich Blasen, die wie Geschwüre aufplatzten und einen gelben Brocken entließen, der an kochenden Eiter erinnerte. Alles dampfte und kochte. Das Böse verging. Die Nadel sorgte mit der weiß-magischen Zerstörungskraft des Silbers dafür.

Die ganze Leinwand geriet in Bewegung, beulte sich mal nach vorn aus, dann zog sie sich wieder zurück. Da sie straff gespannt war, war es nur eine Frage der Zeit, bis sie reißen wurde, was Sekunden später auch geschah.

Dabei entstand ein Geräusch, als würden schmale Reißverschlüsse aufgezerrt. Mason sah, wie mehrere Spalten zugleich entstanden. Sie weiteten sich und rissen weiter ein, bis die Leinwand wie eine zerfetzte Tapete im Bildrahmen hing.

Den Rest besorgte das Feuer. Es war urplötzlich da, und kleine gierige Flammen huschten über das Bild, waren auf einmal überall. Mason sah sie oben, unten und an den Seiten flackern. Sie kämpften sich vor, erreichten die auf dem Gemälde dargestellte Person, strichen am langen Kleid in die Höhe und erfassten schließlich auch das Gesicht.

Hinter sich hörte Mason die Vampirin sinnlose, zusammenhangslose Worte flüstern, während er sah, wie die Flammen das gemalte Gesicht erreichten.

Es hatte dem Gesicht der wahren Doriana bis aufs Haar geglichen, doch nun schmolz es zusammen. Die Farben schienen sich in heißes Wachs verwandelt zu haben, und das Gesicht zerlief regelrecht. Die Haut rann nach unten, löste sich zuerst an der Stirn, dann brannte das Feuer die Augen aus und ließ die Nase schmelzen.

Die Haut schmolz weg, und bleiches Gebein kam darunter zum Vorschein. Knochen, die eine hässliche

Fratze bildeten. Doch auch sie wurde von dem Feuer erfasst, und der hässlich grinsende Totenschädel verbrannte.

Es blieb – nichts!

Keine Doriana Gray mehr, keine Leinwand. Nur ein leerer Rahmen auf der Staffelei.

Mason Flint atmete erleichtert aus. Seine Augen brannten. Die Luft in der Kabine stank widerlich, doch der Gestank zog bereits langsam durch die offen stehende Tür ab.

Aufatmen. Durchatmen. Sich darüber freuen, noch am Leben zu sein. Auch wenn er einige Blessuren davongetragen hatte.

Aber Mason Flint dachte auch an die andere Person, die sich noch im Raum befinden musste. Er hatte sich in den letzten Sekunden völlig auf das Gemälde konzentriert. Was war mit der echten Doriana geschehen?

Langsam – voller innerer Spannung – drehte er sich um und …

Doriana saß im Sessel.

Sie schaute Mason schweigend an. Die Hände lagen in ihrem Schoß. In dieser Haltung wirkte sie wie eine Puppe, auch wenn ihr Mund vor Schrecken offen stand.

Und Mason konzentrierte sich auf ebendiesen Mund. Er hätte ihre beiden Vampirzähne sehen müssen, aber dies war nicht der Fall. Und erst da wurde ihm klar, was passiert war.

Doriana Gray würde ihre Zähne nie mehr in den Hals

eines Menschen schlagen. Ihre Doppelexistenz war abhängig gewesen von diesem Gemälde, das es nun nicht mehr gab. Indem er das Bildnis der Vampirin zerstört hatte, hatte er auch die Vampirin selbst zerstört und Doriana von ihrer untoten Existenz befreit.

Noch verstand er es nicht ganz. Da musste etwas wie Magie im Spiel sein. Oder ... *Hexerei!* Hatte Doriana nicht gesagt, in ihrer menschlichen Existenz eine Hexe zu sein?

Aber das interessierte ihn im Moment nicht. Nur eins war wichtig: Doriana Gray war keine Blutsaugerin mehr ...

Die innere Freude verscheuchte die Schmerzen, die ihn peinigten. Er fühlte sich zerschlagen, aber der Sieg über die Vampirin Doriana gab ihm neue Kraft.

Er ging auf sie zu.

Sie sah es wohl, nahm ihn jedoch nicht richtig wahr, denn sie war noch mit sich selbst beschäftigt.

Ihm aber fiel etwas auf, das ihn in seinem Triumph noch bestätigte: Doriana atmete. Sie holte Luft, stieß sie aus, atmete wie ein normaler Mensch.

Als Mason vor ihr stehen blieb und ihr übers Haar strich, zuckte sie leicht zusammen und schaute dann hoch, sodass sich ihre Blicke trafen.

„Du weißt, was passiert ist?“, fragte Mason.

Dorry nickte. „Ja, ich ... ich brauche kein Blut mehr. Ich ... ich bin wieder ich selbst. Du hast mich ... erlöst.“

„So kann man es sehen. Es gibt keine Doppelexistenz mehr, du bist wieder eine normale Frau, und darüber sollten wir uns beide freuen. Ich werde auch dafür sorgen, dass man dich nicht anklagt und vor Gericht stellt. Bleiben die Morde eben ungeklärt."

„Danke", sagte sie leise. „Ich danke dir für alles. Aber … du irrst dich, wenn du bei mir von einer normalen Frau sprichst. Ich habe dir schon gesagt, dass ich noch etwas anderes bin: eine Hexerin. Erst die Hexenkraft, die in mir steckt, hat diese Doppelexistenz überhaupt möglich gemacht."

„Ich werde dir helfen, mit deinen neuen Leben zurechtzukommen", versprach er ihr.

Dorry ergriff seine Hand und drückte sie dankbar. „Hilfe könnte ich gebrauchen. Denn ich muss mich an die neue Situation erst anpassen und mich daran gewöhnen." Sie sah ihn an, und ihre Augen weiteten sich leicht. „Draußen liegt noch der tote Chauffeur, dieser Mann namens Oliver. Du wirst auch dafür eine Erklärung finden müssen …"

„Lass mich das mal machen. Mich interessiert viel mehr, was mit einer anderen Person ist."

„Wen meinst du?"

„Frenchy Davies."

Sie nickte. „Ja, ich erinnere mich …"

„Du hast ihr Blut getrunken."

Doriana schlug die Hand vor den Mund und schüttelte sich. Sie wollte daran nicht denken.

Doch Mason brauchte Antworten. „Wo kann sie sein? Was ist mit ihr geschehen? Du hast mir erzählt, du hättest sie zur Vampirin gemacht, also musst du auch wissen, was mit ihr ist."

„Wir haben sie hier auf das Boot geschafft", sagte Doriana mit tonloser Stimme.

„Dann müsste sie noch irgendwo hier sein."

„Bestimmt."

„Und wo?"

Dorry stand auf und wies in die hintere Ecke der Kabine. „Dort ist eine Tür, durch die man in den Laderaum gelangt. Dort habe ich sie hineingesteckt."

„Gut. Hat sie sich bereits verwandelt?"

„Davon solltest du ausgehen."

Mason stieg das Blut in den Kopf. Die Vorstellung, Frenchy töten zu müssen, ließ ihn zittern. Er merkte auch, wie schwer es ihm fiel, seine Schritte zu setzen.

Doriana blieb an seiner Seite, während sie auf die Tür zugingen. Sie ließ sich leicht öffnen, doch dahinter gähnte tiefe Dunkelheit.

Dorry holte eine Kerze. Ihr Licht wies ihnen den Weg zu einer weiteren Tür. „Dahinter ist sie."

Mason spürte, wie seine Hände zitterten, als er die Tür entriegelte und sie dann öffnete.

Kalte Luft wehte ihm entgegen. Er hörte das Plätschern von Wasser, sah, dass die Schiffswand aufgerissen war, und wusste, dass Frenchy die Flucht geglückt war.

Auch Doriana erkannte es. „Sie ist nicht mehr da. Aber … damit habe ich nichts zu tun!"

„Das glaube ich dir", sagte Mason, und die schlimmsten Sorgen schwangen in seiner Stimme mit, als er fortfuhr: „Wenn sie eine Blutsaugerin ist, haben wir ein Problem. Und nicht nur wir, sondern alle Menschen hier in der Stadt."

„Du meinst also, dass es weitergeht?"

„Ja, Dorry, es geht weiter …"

– ENDE –

Jennifer Armintrout
Blutbande I
Die Verwandlung
Band-Nr. 15013
7,95 € (D)
ISBN: 978-3-89941-448-6
464 Seiten

Kerrelyn Sparks
Wie angelt man sich
einen Vampir?
Band-Nr. 15015
7,95 € (D)
ISBN: 978-3-89941-450-9
464 Seiten

Maggie Shayne
Fantasien der Nacht
Band-Nr. 15014
7,95 € (D)
ISBN: 978-3-89941-449-3
320 Seiten

Maggie Shayne
Erinnerungen der Nacht
Band-Nr. 15021
7,95 € (D)
ISBN: 978-3-89941-470-7
304 Seiten

Maria V. Snyder
Yelena und die Magierin des Südens
Band-Nr. 65005
7,95 € (D)
ISBN: 978-3-89941-360-1
448 Seiten

Maria V. Snyder
Yelena und der Mörder von Sitia
Band-Nr. 65009
7,95 € (D)
ISBN: 978-3-89941-392-2
512 Seiten

James A. Sullivan
Der letzte Steinmagier
Band-Nr. 65012
8,95 € (D)
ISBN: 978-3-89941-428-8
608 Seiten

Michael H. Schenk
Die Pferdelords und der Sturm der Orks
Band-Nr. 65001
8,95 € (D)
ISBN: 978-3-89941-356-4
672 Seiten

Michael H. Schenk
Die Pferdelords und die Kristallstadt der Zwerge
Band-Nr. 65002
8,95 € (D)
ISBN: 978-3-89941-357-1
624 Seiten

Michael H. Schenk
Die Pferdelords und die Barbaren des Dünenlandes
Band-Nr. 65003
8,95 € (D)
ISBN: 978-3-89941-358-8
640 Seiten

Michael H. Schenk
Die Pferdelords und das verborgene Haus der Elfen
Band-Nr. 65011
8,95 € (D)
ISBN: 978-3-89941-402-8

Michael H. Schenk
Die Pferdelords und die Korsaren von Um'briel
Band-Nr. 65014
8,95 € (D)
ISBN: 978-3-89941-471-4
624 Seiten